HORST HOFFMANN

KINDER DES ARRESUMS

Perry Rhodan

HORST HOFFMANN

KINDER DES ARRESUMS

BSV

Die Deutsche Bibliothek CIP–Einheitsaufnahme
Hoffmann, Horst: Kinder des Arresums / Horst Hoffmann. -
1. Aufl. - Nürnberg: BSV, 1998
(Perry Rhodan; Bd. 413)
ISBN 3-932234-90-1

LIEFERBARE TITEL:

TUULEMAS WELT 404 ISBN 3-932234-50-2
RÜCKKEHR NACH DEROGWANIEN 405 ISBN 3-932234-51-0
DAS SYNDIKAT DER MÄCHTIGEN 406 ISBN 3-932234-52-9
DER PROGRAMMIERTE ATTENTÄTER 407 ISBN 3-932234-53-7
DRAGON TOWER 408 ISBN 3-932234-54-5
GEHEIMKOMMANDO IPRASA 409 ISBN 3-932234-55-3
RAUMSCHIFF ZU VERKAUFEN 410 ISBN 3-932234-56-1
DAS VERSTECK DER STERNENGARDE 411 ISBN 3-932234-57-X
DAS VURGUZZ-IMPERIUM 412 ISBN 3-932234-58-8

ISBN 3-932234-57-X - 1. Auflage 1998

Burgschmiet Verlag GmbH 1998
Redaktion: Klaus N. Frick
Illustrationen Cover und Innenteil: Swen Papenbrock
Covergestaltung: Susanne Gebert
Druck: Elsnerdruck GmbH
Printed in Germany

Inhalt

1

Sainor: der Aufbruch

Das Schiff der Ayindi stand draußen am Rand des knapp zehn mal zehn Kilometer großen Landefeldes. Auf der anderen Seite, nahe den in Bau befindlichen Abfertigungsgebäuden, lagen drei weitere Rochen, wie die ARRAXA, die für die Bemannung mit Menschen umkonstruiert worden war. Aus der Höhe war der Anblick, gerade im Licht der untergehenden Sonne und mit der Kulisse einer entstehenden Stadt im Hintergrund, sehr erhaben.

Rocchor und Selne Delaar standen auf einem der vielen Antigrav-Gerüste, die die in den Himmel wachsenden Türme aus Stahl, Plastik und Glas umgaben. Das Abendrot verzauberte sie. Sie hielten sich bei der Hand und beobachteten, wie immer noch Gleiter und Schwebeflöße auf die ARRAXA zusteuerten, beladen mit großen und kleinen Containern voller Ausrüstungsgegenstände.

»Ich kann es kaum erwarten«, sagte Selne in die fast andächtige Stille hinein. »In wenigen Tagen werden wir dort an Bord sein und einen neuen Planeten ansteuern. Wir werden mit bei den ersten sein, Roc.«

Er nickte und drückte ihre Hand fester.

»Wir haben großes Glück, Selne. Der Rat hätte auch jedes andere Paar auswählen können.«

»Wir waren unter den ersten, die sich beworben haben«, widersprach sie. »Es war nicht nur Glück.«

Er schwieg und beobachtete, wie ein entladener Gleiter

mit Ayindi und Sainorern von der ARRAXA zurückkehrte. Es war ein Bild der Harmonie. Er hätte es am Anfang kaum für möglich gehalten, daß der Kontakt zu dem mächtigsten Arresum-Volk sich einmal so gut entwickeln würde.

Am Anfang ...
Das war jetzt dreieinhalb Jahre her.
Rocchor drehte unwillkürlich den Kopf nach links und sah in der Ferne die schlanke, dunkle Säule eines der 709 jungen Nocturnenstöcke. Sie waren von dem Kyberklon Voltago hierher nach Sainor gebracht worden, um eine der drei neuen Lebensinseln im Arresum – der »spiegelbildlichen« Seite des Universums, aus dem Rocchor und Selne stammten – zu bilden. Als die Stöcke niedergegangen waren, hatten sie sich in regelmäßigen Abständen über die Landmassen des dritten Planeten der Sonne Gurrain verteilt. Sie standen also weit auseinander. An keinem Ort der Welt konnte man zwei von ihnen gleichzeitig sehen.
Und doch standen diese geheimnisvollen Säulen untereinander in Kontakt. Sie lebten ihr so geheimnisvolles Leben an den Menschen vorbei und doch mit ihnen.
Auf den beiden anderen Menschenwelten des Arresums waren bis zu achttausend Quarztürme niedergegangen. Die Verhältnisse dort waren ganz anders. Durch die Vitalenergie der Nocturnen waren diese beiden Planeten von den Kristallstrukturen der Abruse befreit worden. Aus ihrem Staub mußte erst neues Leben erwachsen.
Hier auf Sainor traf das nicht zu.
Der Planet gehörte zu den wenigen Ausnahmen im Arresum. Auf ihm hatte sich irgendwann in ferner Vergangenheit organisches Leben entwickelt. Es bedeckte jetzt die Kontinente,

zwar nicht üppig, aber ausreichend, um eine für Menschen ideale Sauerstoffatmosphäre ermöglicht zu haben. Rocchor sah die Parks, die bereits um die Hafenanlagen herum angelegt worden waren, und atmete tief die würzige Abendluft ein. »In einer Woche werden wir einen anderen Himmel sehen, Roc«, sagte Selne, »und uns irgendwann nach hier zurücksehnen, wo alles begann.« Sie lachte leise. »Wo alles *neu* begann.«

Sie waren »Konzepte« gewesen; zwei von zwanzig Milliarden Menschen, die im Jahr 3581 von der Superintelligenz ES in sich aufgenommen worden waren, um dem Sturz der Erde in den *Schlund* im Mahlstrom der Sterne zu entgehen. Sie hatten über 1200 Jahre als bloße Bewußtseine im Schoß der Superintelligenz existiert und waren nun, vor dreieinhalb Jahren, als für das Arresum konditionierte neue Menschen wieder freigesetzt worden. Hier sollten sie mithelfen, nach dem Ende der Abruse neue Lebensräume zu schaffen.

»Wir werden eine neue Heimat finden«, sagte Rocchor, »so wie die vielen anderen, die nach uns Sainor verlassen werden. Die Forschungsschiffe haben schon mehr als einhundert geeignete Siedlungswelten entdeckt. Wir müssen nur zugreifen. Noch nie hat es ein Universum gegeben, das einem Volk so offenstand wie dieses.«

»Solange die Ayindi uns lassen«, meinte Selne. »Du weißt, es gibt nicht nur solche, die uns unterstützen. Die Idylle hier täuscht leider ein wenig.«

Natürlich wußte er das.

Die Ayindi als Volk brauchten Zeit, um sich an die neuen Verhältnisse zu gewöhnen. Ihre Zivilisation befand sich im Umbruch. Vier Millionen Jahre lang hatten sie gegen die überall vorrückende Abruse um ihre Existenz kämpfen müssen, bis ihnen schließlich nur noch eine relativ kleine Lebensenklave geblieben war. Das Ende war absehbar gewesen. Jetzt fehlte ihnen das alte Feindbild, und sie mußten erst lernen, ohne diese Triebfeder zu leben und ihre Energien anders zu kanalisieren.

Die vier Koordinatorinnen der Galaxis Calldere, an deren sturer Haltung die Schaffung dieser Lebensinsel und der Austausch des kristallisierten Mars aus dem Solsystem gegen den vierten Gurrain-Planeten Trokan fast gescheitert war, waren abgelöst worden. An ihrer Stelle verwalteten neue Frauen die Ayindi-Welten in Calldere und garantierten für die gute Zusammenarbeit. Doch das Mißtrauen vieler ihrer Untertanen konnten auch sie nicht von heute auf morgen auslöschen. Es wurden immer wieder Stimmen laut, die vor den Menschen warnten. Die extremsten Reaktionärinnen in Calldere und den anderen Galaxien der Lebensenklave schienen die Menschen zum neuen Feindbild machen zu wollen, zu einer Art Abruse-Ersatz.

Rocchor verscheuchte diese Gedanken. Er glaubte fest daran, daß sich die Vernunft durchsetzen und über alle Vorurteile siegen würde. Es lag nicht nur an den Ayindi, es lag auch an den Menschen und den Barrayd, dem ursprünglich zweiten Intelligenzvolk des Arresums.

Es wurde kühl. Ein leichter Abendwind ließ die weiten Kombinationen der beiden Sainorer und Selnes halblange braune Haare flattern. Sie trugen nicht mehr die braunen Folienkombinationen, in denen sie hier materialisiert waren. Diese Kleidung hatte ihren Zweck erfüllt, sie brauchten sie nicht mehr. Sie hatte ihnen mit dem, was sich in ihren vielen Taschen befand, während der ersten Monate in der neuen Umgebung das Überleben ermöglicht. Heute legten sie immer mehr Menschen ab und streiften dafür farbenprächtige Kombinationen über, die noch von den Ayindi für sie gefertigt wurden. Auch dafür hatten sie dankbar zu sein. Die Ayindi versorgten sie mit vielen Gegenständen des täglichen Gebrauchs, die sie selbst noch nicht herstellen konnten. Ihre eigene Industrie war erst im Entstehen. Wie die Stadt, die zukünftige sainorische Metropole, wuchsen die Industrieanlagen auf einem der ehemaligen Manövergebiete der Ayindi-Novizinnen, die hier zum Kampf ausgebildet worden waren. Sainor war ein Schulungszentrum gewesen. Die zahlreichen riesigen Kasernenkomplexe dienten heute als Wohnunterkünfte und bildeten morgen den Grundstock für moderne Fabriken.

Nein, dachte Rocchor, *mit gutem Willen auf beiden Seiten wird es nie zu Feindschaft und Mißverständnissen zwischen dem Volk der stolzen Kriegerinnen und uns kommen. Im Gegenteil. Wir haben ihnen so viel zu verdanken, wir stehen tief in ihrer Schuld für die geleistete Starthilfe. Wir werden es eines Tages wiedergutmachen.*

Er ließ sich mit Selne auf einer Antigravscheibe nach unten tragen, wo ein Nahverkehrsgleiter auf die letzten Ausflügler zum Raumhafen wartete. Er würde sie in die Stadt zurückbringen. Am Steuer saß eine Ayindi und winkte den beiden Menschen zu. Sie kannten Katuul. Inzwischen machte es ihnen längst nichts mehr aus, sich zu einem Wesen von fast drei Metern Größe und einer Körperstatur zu setzen, die einen, der sie nicht kannte, eher das Fürchten lehren konnte. Dicke Muskelpakete unter bronzefarbener Haut, schmale Taille, ein kantiger Kopf mit gelben Augen unter weit vorstehenden Brauenwülsten, karpfenförmigem, breitem Mund mit schwarzen Lippen, dazwischen zwei Reihen scharfer, spitzer Zähne. Die Bekleidung war meistens mattschwarz. Davon hatten sie sich bis heute noch nicht lösen können.

»Ihr wart die letzten«, sagte Katuul auf aylos, der Verkehrssprache ihres anscheinend nur aus Frauen bestehenden Volkes. Ayindi und Menschen konnten sich mittlerweile dank gegenseitiger Schulung in beiden Sprachen unterhalten: Aylos und Interkosmo, das die ehemaligen Konzepte als ihre Umgangssprache beibehalten hatten. »Es wird Zeit zur Rückkehr in die Stadt. Es wurde ein Sturm gemeldet.«

»Danach sieht der Himmel aber gar nicht aus«, wunderte sich Selne.

»Unwetter«, belehrte sie die Ayindi, »kündigen sich auf Sainor nicht an. Das solltet ihr inzwischen wissen.«

Damit startete sie den mit rund dreißig Sainorern vollbesetzten Gleiter.

Zur gleichen Zeit in einer der aus umgebauten Kasernen bestehenden Wohneinheiten am Rande der entstehenden Stadt, die bereits einen Namen hatte: Shavann. Hier warteten einige Millionen Arresum-Menschen darauf, bald ihre eigenen, im Bau befindlichen Wohnungen beziehen zu können.

Soya Kelln betrachtete fasziniert das Spiel ihres zweieinhalbjährigen kleinen Sohnes Marc Juffer, der gerade wieder dabei war, seinen Vater im guten alten Mühle-Spiel in schlimmste Bedrängnis zu bringen. Mühle, wenn auch üblicherweise nur in der drei- oder vierdimensionalen Version, war eines derjenigen Spiele aus alter Zeit, die sich mit der einen und anderen Variante bis weit in die Neue Galaktische Zeitrechnung hinein gehalten hatten. Das Prinzip war zu einfach und genial, um in Vergessenheit zu geraten.

Peer Solonok, Soyas Lebensgefährte, verlor das Spiel. Marc Juffer lachte und klatschte in die Händchen. »Noch mal«, bettelte er. »Noch ein Spiel, Vati.«

Peer seufzte, schenkte Soya einen flehenden Blick, aber als

sie grinsend nickte, fügte er sich in sein Schicksal.
Diesmal verlor er noch deutlicher. »Das reicht jetzt, Marc«, sagte er. »Morgen bekommst du ... bekomme *ich* Revanche. Und nun bringt dich Mami ins Bett.«
»Ich will nicht ins Bett«, klagte der Junge. »Ich habe Angst, wenn ich alleine bin.«
»Angst?« fragte Peer. »Wovor denn?«
»Vor dem Gewitter. Vor den Blitzen und dem Donner. Vor dem Sturm.«
»Wer sagt, daß es ein Unwetter geben wird?« Soya lachte und hob Marc Juffer auf, legte ihn an ihre Schulter. Dann trat sie mit ihm zur Tür und öffnete sie. »Sieh hinaus, ein herrliches Abendrot. Und unsere Radiostation hat nichts von einem Sturm und Gewitter gesagt.«
»Es wird blitzen und donnern«, behauptete Marc Juffer. »Ich will heute nacht nicht allein sein.«
Soya und Peer sahen sich an. Sie hatten sich den Abend anders vorgestellt, aber was nützte es ihnen bei einem verschüchterten, vielleicht nur an Einbildung leidenden Kind.
»Also schön«, sagte Peer. »Mami bringt dich in unser Bett, und wir kommen bald nach, in Ordnung? Dir kann gar nichts passieren, auch nicht beim schlimmsten Sturm. Ist das ein Angebot?«
Marc Juffer nickte, sagte aber nichts mehr. Er klammerte sich an seine Mutter, als sie ihn ins Schlafzimmer brachte. Soya redete beruhigend auf ihn ein, deckte ihn zu und kam nach fast zehn Minuten zu ihrem Gefährten zurück.
»Eines Tages schlage ich ihn wieder«, sagte Peer. »Bevor wir von ES aufgenommen wurden, war ich in meiner Stadt Meister im vierdimensionalen Mühle-Spiel, habe ich dir das schon erzählt? Und heute schaffe ich es nicht einmal mehr, gegen unser Kind zu gewinnen.«

»Ich verstehe es ja auch nicht«, sagte sie. »Manchmal macht Marc Juffer mir regelrecht angst.«
Juffer war der zweite Vorname des Jungen. Wenn er wollte, konnte er ihn später als Nachnamen wählen. Soya Kelln und Peer Solonok hatten – und das galt auch für den Fall eines eventuellen Ehekontrakts – ihn nicht auf den Nachnamen eines der beiden Partner festgenagelt.
Peer setzte sich zu Soya und nahm sie in den Arm.
»Marc war schon immer aufgeweckter als andere in seinem Alter«, sagte er. »Er ist eben ein kluges Kind. Wir sollten stolz darauf sein.« Er lachte. »Wenn er mich nur einmal gewinnen ließe.«
»Findest du das normal?« fragte Soya. Sie strich ihre langen blonden Haare aus dem Gesicht. Peer, schwarzhaarig und bärtig, zuckte mit den Schultern.
»Daß er mich schlägt? Ich habe ihm eben mein Talent vererbt ...«
»Mach dich nicht lustig. Ich meine seine Angst. Was sagst du, wenn es gleich wirklich zu stürmen beginnt?«
»Das ist völlig unmöglich«, beruhigte sie Peer. »Es ist ein ruhiger Sommerabend. Aber wenn du willst, schalte ich das Radio ein. Es gibt ja laufend Nachrichten.«
Die einzige Radiostation auf Sainor war natürlich ebenfalls von den Ayindi errichtet worden. Empfangsgeräte einfachster Bauart hatten sie zu Millionen unter der Bevölkerung verteilt. Am Mikrofon der Sendestation, ebenfalls in einem ehemaligen Kasernentrakt, saßen allerdings Sainorer, die sich ablösten und die Bevölkerung mit selbstgestrickter Musik aller Art, mit Unterhaltungssendungen und Informationen versorgten.
Ein Komiker versuchte, mit seinen Sketchen die Leute zum Lachen zu bringen, danach folgten Space-Klänge, live improvisiert von einer Musikergruppe auf Instrumenten, die

sie sich selbst aus alten Ayindi-Computern hergestellt hatten. Peer und Soya ertrugen es mit Fassung. Dann kamen endlich die Nachrichten.
Es war für das Paar uninteressant zu hören, was es in diesem und jenem Bezirk der Neubaumetropole an Neuem gegeben hatte oder wie sich der oder die eine Vertreterin des Konstituierenden Rates zu diesem und jenem Projekt geäußert hatte. Beide waren sonst sehr interessiert daran, wie sich die Geschicke ihrer jungen Welt entwickelten, aber jetzt warteten sie nur ungeduldig auf die Wettervorhersage.
Und noch bevor sie von den unvorhersehbaren Quellgewittern hörten, die an diesem Abend und in dieser Nacht für gehörige Turbulenzen sorgen sollten, brach draußen der Sturm los.
Sie hörten es durch die halb offenstehende Tür.
Der plötzliche Wind fegte durch die Lücken zwischen den langen Reihen der kastenförmigen, flachen Gebäude und wirbelte Staub auf. Als Peer im Eingang stand, erhellte der erste Blitz das Halbdunkel der inzwischen hereingebrochenen Nacht. Wolkenbänke schoben sich vor die Sterne. Es war ein unheimlicher, fast bedrohlicher Anblick.
Soya legte ihm ihre Hand von hinten auf die Schulter, und aus dem Schlafzimmer klang Marc Juffers Schluchzen herüber – beantwortet von einem lang anhaltenden Donner.
»Mach die Tür zu und komm herein, Peer!« forderte Soya ihn auf. Ihre Haare flatterten im Wind. »Oder willst du erst naß werden? Bald steht hier alles unter Wasser.«
Der Boden war entweder mit Plastikguß versiegelt oder planiert. Außerdem lagen die Kasernen in einer Senke. Sainor war eine herrliche Welt, doch ihre Unwetter hatten es in sich. Schon einmal hatte das Wasser, das hier keinen schnellen Abfluß fand, fast bis zu den Treppenstegen, über die die Wohneinheiten zu erreichen waren, gestanden.

»Er hat es gewußt«, sagte Peer kopfschüttelnd. Der nächste Blitz riß die Dunkelheit auf, und diesmal ließ der Donner nicht so lange auf sich warten. Marc Juffer war aus dem Schlafzimmer gekommen und klammerte sich weinend an seine Mutter. Peer schloß die Tür, als der Regen losbrach und vom Sturm gegen die Kasernen gepeitscht wurde.
»Er hat es gewußt, Soya«, wiederholte Peer gedehnt, während seine Partnerin den Jungen an sich drückte und beruhigend auf ihn einredete. »Woher?«

Am anderen Morgen schien wieder die Sonne. Selne und Rocchor Delaar frühstückten mit einigen befreundeten Bewohnern der Zeltsiedlung aus Formenergie, die die Ayindi für sie errichtet hatten, bis ihre neuen Wohnungen bezugsfertig waren. Hier draußen waren die in der Nacht heruntergekommenen Wassermassen im aufnahmefähigen Boden versickert. Sturm und Blitze hatten an den großen stabilen Zelten keinen Schaden anrichten können.
Nach dem Frühstück brachen Selne und Rocchor zusammen mit über zwei Dutzend anderen Teilnehmern des bevorstehenden Fluges wieder zum Raumhafen auf. Der Gleiter mit Katuul wartete schon. Die Luft war feucht und würzig, die Erde dampfte und schwitzte die Flüssigkeit aus. Rocchor sah entwurzelte Büsche und Bäume. Aber schon waren Sainorer dabei, sie aufzurichten oder neu einzupflanzen. Katuul berichtete, daß durch das Unwetter weder Menschen noch Ayindi zu Schaden gekommen seien. Die Sachschäden hielten sich in Grenzen. Es war also nicht so schlimm gekommen, wie im ersten Moment erwartet wurde.
In zehn oder zwanzig Jahren würde es, wenn der Aufbau

mit dem gleichen Tempo weiterging, eine Wetterkontrolle geben. Noch aber mußten die Sainorer mit den Gewalten der Natur leben.

Wie wird es auf Suzuur sein? fragte sich Rocchor, als der Gleiter lautlos abhob und rasch an Fahrt gewann.

Er kannte zwar alle Daten über die neue Welt, aber es war etwas anderes, sich daraus ein abstraktes Bild zu machen, als selbst auf dem Planeten zu leben und ihn, Quadratkilometer für Quadratkilometer, kennenzulernen. Die Siedler wußten noch nicht, wie die Natur im einzelnen beschaffen war. Es gab ausgedehnte Wälder, natürlich, und Seen und Berge auf den vier Kontinenten. Was aber lebte in diesen Wäldern, welche Tiere? Welche Pflanzen würden sie antreffen? Giftige? Aggressive?

»Woran denkst du, Schatz?« fragte Selne und nahm seine Hand. Er grinste sie auf seine jungenhafte Art an. Selne war 33 Jahre alt gewesen, als ES sie in sich aufnahm, er sechzig. Der Altersunterschied hatte sie nie gestört. Sie war sogar verliebt in seine allmählich grau werdenden Haare und die Falten in seinem länglichen, kantigen Gesicht.

»An den Flug«, gab er zurück. »Nur an den Flug und an das, was uns Jard heute zu sagen hat.«

Jard Morrona war der gewählte Kommandant der ARRAXA und vorläufige Chef der Expedition. Die Utopie der Sainorer, ohne Regierung auskommen zu können, weil es zwischen ihnen diese unglaublich starke Bindung gab, hatte sich nach kurzer Zeit als falsch herausgestellt. Sie war nicht haltbar, solange es keine vollkommene Kommunikation gab – und diese war wohl nur bei einem Volk von Telepathen möglich. Fast sieben Milliarden Menschen auf Sainor brauchten eine Verwaltung, die so straff wie nötig und so direkt wie möglich war.

Der Gleiter flog wie jeden Tag über den südwestlichen Rand

der entstehenden Stadt hinweg. Der Fortgang des Aufbaus war mit bloßem Auge zu erkennen. Ohne die Ayindi hätten die Sainorer, die nur mit ihren braunen Folienanzügen materialisiert waren, wieder in der Steinzeit anfangen müssen.
An mehreren anderen Stellen des Planeten sah es ähnlich aus. Zwischen den künftigen großen Städten wuchsen kleinere Siedlungen aus dem Boden. Fast sieben Milliarden Menschen waren für einen unbesiedelten Planeten eine gewaltige Zahl, die untergebracht werden mußte. Im Laufe der Jahre würde sie sich durch eine Unmenge weiterer Expeditionen und eine strenge Geburtenkontrolle allmählich verringern.
Die halbfertigen Türme des Raumhafens kamen in Sicht, dann bereits das Landefeld. Die ARRAXA war achhundert Meter lang und siebenhundert Meter breit. Ihre Höhe betrug ohne Aufbauten hundert Meter. Es war ein für Ayindi-Verhältnisse uralter Kahn, längst aus dem Flottendienst ausrangiert. Doch für die Aussiedler war sie geradezu ideal. Ihre flache Gestalt durfte nicht über ihr immenses Fassungsvermögen hinwegtäuschen. Der Gleiter landete neben ihr, andere standen schon dort, wieder andere befanden sich im Anflug.
Die Expedition sollte aus nicht weniger als eintausend Menschen bestehen. Heute trafen sich alle hier zum letztenmal, um noch Fragen vor dem Abflug zu klären. Es würden keine Ayindi mitfliegen. Erstmals würden Menschen des Arresums allein in einem Rochen auf die Reise gehen, geschult von den bronzehäutigen Riesinnen. Rocchor fieberte diesem Augenblick mehr denn je entgegen, als er sich mit seiner Frau im Antigravstrahl in die Bodenschleuse hinaufziehen ließ.
Für den Notfall gab es ein Schulungsprogramm, das die

Raumfahrer unterstützen sollte. Dann baute sich das Hologramm einer Ayindi aus dem Computer auf und gab Hilfen bei allen anfallenden Problemen. Die Ayindi hatten die ARRAXA allerdings – wie alle anderen künftig der Menschheit »geliehenen« Raumschiffe – so umgemodelt, daß jeder der sechsköpfigen Besatzung damit umgehen konnte. Die Funktionen ließen sich nicht wie bei den normalen Rochenschiffen per Gedankenbefehl steuern, sondern akustisch. Das Bordgehirn verstand und sprach Aylos und Interkosmo.

Tausend Männer und Frauen waren relativ leicht an Bord unterzubringen, indem aus Formenergie maßgerechte Quartiere für sie geschaffen wurden. Alles an der Bordarchitektur konnte beliebig verändert werden, indem man den Computer darum bat – alles bis auf die Schaltzentrale, eine Hohlkugel mit einem Durchmesser von vierzig Metern mitten im Schiffszentrum. Sechs Kommandositze, ebenfalls aus Formenergie, waren genau den Bedürfnissen ihrer künftigen Benutzer angepaßt worden. In den Armlehnen befanden sich Sensorfelder, über welche die verschiedenen Systeme wie Antrieb und Steuerung, Schutzschirme und Architektur bedient werden konnten. Daneben gab es eine Automatik, die im Gefahrenfall, wenn der Bedienende nicht schnell genug reagierte oder eine zu lange Verzögerung eintrat, selbständig eingriff und die Steuerung der Schiffssysteme übernahm. Mit einem Wort aus der Umgangssprache der Terraner, das Raumschiff war idiotensicher. Morrona und seine Crew konnten kaum etwas falsch machen, nachdem das Ziel einmal einprogrammiert worden war.

Rocchor Delaar führte sich alles das nochmals vor Augen, als er mit Selne in einer der drei großen Hallen darauf wartete, daß der Kommandant zu ihnen sprach. Er hatte ein absolut gutes Gefühl. Der Flug würde ein Kinderspiel werden. Dabei fragte er sich allerdings, welche Form die Raumschiffe einmal haben würden, die von den Werften auf Sainor und den anderen Menschenplaneten auf Jungfernfahrt gehen würden. Würden es Rochen sein wie die der Ayindi oder Kugeln wie die der Terraner? Oder eine Mischung aus beidem?

Das war Zukunftsmusik.

Jard Morrona, 73 biologische Jahre alt, Spiegelglatze und dichte weiße Brauen wie ein Arkonide, war von großen Bildschirmen zu sehen und richtete jetzt das Wort an die tausend versammelten zukünftigen Kolonisten.

»Dies ist das letztemal«, sagte er, »daß wir uns vor dem übermorgen stattfindenden Start sehen. Um genau zehn Uhr planetarischer Zeit geht es los, seid also bitte pünktlich. In den verbleibenden rund fünfzig Stunden habt ihr Gelegenheit, eure letzten Habseligkeiten an Bord bringen zu lassen, sofern das nicht schon geschehen ist, und euch von euren Freunden hier auf Sainor zu verabschieden. Es muß kein Abschied für immer sein. Zwischen Suzuur und Sainor wird es eine Hyperfunkverbindung geben, schon allein um zu signalisieren, wann wir die Nachschublieferungen an Material und Energie für unsere erste Stadt brauchen. Die letzten Ayindi werden sich in der Zwischenzeit aus der ARRAXA zurückziehen. Wenn es noch Fragen gibt, so stellt sie jetzt.«

Für Rocchor war alles klar. Er sah sich um. Offenbar war niemand mehr da, der noch eine Frage hatte; eine Versammlung war demnach überflüssig.

Dann, nach fast einer Minute, erhob sich eine junge Frau namens Dartsda Krennik und gab bekannt, daß sie schwan-

ger sei. Sie hatte es erst gestern erfahren und wollte nun wissen, ob sich für sie dadurch etwas an ihrer Teilnehme ändern würde.
»Ganz im Gegenteil«, sagte der Kommandant lächelnd. »Wir freuen uns mit dir, Dartsda. Du bist nicht die erste und einzige Schwangere an Bord der ARRAXA, das solltest du eigentlich wissen. Um unsere Kolonie aufzubauen, werden wir Kinder brauchen – viele Kinder.«
Selne lächelte verträumt, und Rocchor wußte, woran sie jetzt dachte. Sie hatte es nie so deutlich ausgesprochen, aber er kannte ihren sehnlichsten Wunsch auch so.
»Wir werden uns beeilen, Schatz«, flüsterte er ihr ins Ohr. »Damit unser Kind nicht zu sehr unter den älteren Kindern zu leiden haben wird ...«
Sie drehte den Kopf, starrte ihn lange an, und dann warf sie sich an seinen Hals.
Der Countdown lief.

Zur gleichen Zeit in Zurrun, einer Zeltsiedlung auf der anderen Hälfte des Planeten, wo rund eine Million Sainorer auf die Fertigstellung ihrer Stadt durch die Bautrupps der Ayindi warteten.

Es war der dritte Jahrestag seit Errichtung der Siedlung, den die Sainorer gebührend feierten. Auf einem riesigen Platz zwischen den Zelten hatten sie selbstgezimmerte, einfache Tische, Stühle und Marktbuden aufgestellt. Dort boten sie alles an, was sie mit ihren bescheidenen Mitteln hatten herstellen können – einfache Werkzeuge für die Erwachsenen, Holzspielzeuge für die Kinder. Ebenso selbstgekelterten Wein, Kuchen und anderes Gebäck. Wilde Reben, auf sonnigen Hängen angebaut, lieferten die geeigneten Beeren, und

Landwirtschaft wurde dank der ebenfalls natürlich vorkommenden, bestimmt noch kreuzungsfähigen Getreidegräser überall zwischen den Städten und Siedlungen betrieben. Bunte Fähnchen wehten. Die Stimmung war ausgelassen.
Es gab Spiele, für die Erwachsenen und für die maximal zweidreiviertel Jahre alten Kinder. Verle Duban, Rika Talberg, Igor Dastajew und Joshua Armond saßen an einem der Tische beisammen und beobachteten vergnügt, wie die Jungen und Mädchen versuchten, durch ein Labyrinth aus verwinkelt aufgestellten, ein Meter hohen Formenergiewänden an den Ausgang zu gelangen. Jedes Kind betrat das Labyrinth einzeln. Die meisten verirrten sich hoffnungslos und mußten nach spätestens drei Minuten von einem Erwachsenen herausgeholt werden.
Nicht so die Tochter von Goran und Wise Majeziz.
Erla, erst knapp zwei Jahre alt, betrat das Labyrinth, woraufhin das Gespräch der vier Freunde sofort verstummte. Ihr Tisch stand auf einem Podest, also konnten sie von oben ins Labyrinth hineinsehen.
»Paßt jetzt auf«, flüsterte Verle gespannt.
Erlas kleines Gesicht drückte für einen Moment eine seltsame Konzentration aus. Dann lachte sie und marschierte los, direkt in den Irrgarten hinein. Sie nahm keine einzige falsche Abzweigung. Exakt, als folgte sie einem Faden, durchwanderte sie das Labyrinth und trat auf der anderen Seite wieder heraus. Das Ganze hatte keine Minute gedauert.

»Es ist einfach unglaublich«, sagte Igor Dastajew. »Was kann dieses Kind denn noch alles?«
»Man sollte ihm eine Rechenaufgabe stellen«, kam es von Joshua, »oder es gegen einen Computer antreten lassen.«
»Das ist wohl übertrieben«, meinte Rika, seine und Igors

Gefährtin. »Aber das Kind macht mir angst. Es scheint nicht nur besonders intelligent zu sein, sondern auch einen siebten Sinn zu besitzen.«

»Paranormale Begabung?« fragte Verle. »Denkst du an das?«
Sie hob nur die Schultern und sah zu, wie Erla zu ihren stolzen Eltern zurückkehrte.

Erla Majeziz hatte alle bisherigen Kinderwettbewerbe gewonnen, bis auf die rein sportlichen. Doch überall, wo der Geist gefordert war, war sie die Erste gewesen. Im Kinderquiz war sie keine einzige Antwort schuldig geblieben. Beim »Blindmann«, das nichts anderes war als das frühere »Blindekuh«-Spiel, hatte sie alle erraten, die sich hinter sie gestellt hatten. Beim Malwettbewerb hatte sie die phantasievollsten, schönsten Bilder geschaffen und beim Häuserbauen mit Holzklötzen den höchsten und kompliziertesten Turm.

»Ich habe davon gehört, daß es in Toma auch zwei oder drei Kinder geben soll, die so begabt sind«, sagte Rika. Toma war die nächstgelegene, im Werden begriffene Großstadt. Rika flog einmal in der Woche dorthin, um die Märkte in den Zeltsiedlungen mit den Knollen zu beliefern, die ihr kleiner landwirtschaftlicher Betrieb anbaute und erntete. Dabei fing sie so manche Neuigkeit auf.

»Die Leute nennen sie dort *Hyperintelligente.*«

»Ich denke, daß wir uns nicht zu viele Gedanken um diese Kinder machen sollten«, meinte Igor. »Erla ist doch sonst ganz normal. Es hat schon immer kluge und weniger kluge Kinder gegeben. Das gleicht sich später wieder aus, ihr werdet sehen.«

»Was macht Goran denn jetzt?« fragte Verle.

Erlas Vater hatte ein Handmikrofon genommen und bot einen neuen Programmpunkt an. Er forderte jeden, der »sich traute«, auf, eine Partie Schach gegen seine Tochter zu spielen –

entweder zweidimensional auf einem Brett oder dreidimensional in einem von den Ayindi speziell gefertigten Kubus aus transparenter Formenergie.

»Jetzt reicht es aber«, sagte Rika, leicht verärgert. »Bisher habe ich Goran immer für vernünftig gehalten. Und nun stellt er sein Kind so zur Schau.«

»Er ist eben stolz«, beschwichtigte Igor. »Wahrscheinlich wären wir es auch.«

Es kam noch besser.

Nachdem Erla drei Herausforderer fast mühelos geschlagen hatte, trug sie zum Abschluß ihrer Darbietungen und wiederum nach Ankündigung ihres Vaters ein kurzes Gedicht vor. Das war an sich nichts Sensationelles. Aber sie tat es in Aylos.

2

Suzuur: die Ankunft

Viereinhalb Tage hatte der Flug gedauert. Die 631 Lichtjahre von Sainor zur neuen Welt hätte ein normales Rochenschiff in einigen Stunden zurücklegen können, doch die ARRAXA war auch hier menschlichen Maßstäben angepaßt worden. Jetzt sahen sie den zweiten von insgesamt fünf Planeten der gelben Sonne, die auf den Namen Tarram getauft worden war, als blauschimmernde Kugel vor sich im All. In der Zentrale hielt man den Atem an. Dann sagte der Kommandant feierlich:

»Wir sind so gut wie da, Freunde. Die Landung läuft nach dem vorgegebenen Programm ab, Stella braucht nicht viel zu tun. Edna, gibt es Ortungsechos?«

»Du meinst, von den Ayindi?« Edna Gershwyn, 87 Jahre alt und kurzhaarig, schüttelte den Kopf. »Negativ, Jard. Falls welche da sind, um unsere Ankunft zu beobachten, haben sie sich in ihre Dunkelfelder gehüllt. Aber das scheint mir unwahrscheinlich.«

»Mir auch«, meinte Stella Moses, die erst 47jährige, zierliche Pilotin mit den schulterlangen, fast weißen Lockenhaaren. »Es sei denn, du denkst an solche, die uns nicht so wohlgesinnt sind.«

»Zum Beispiel«, sagte er. »Obwohl auch sie wiederum mit Beobachtungsschiffen zu rechnen hätten. Wir sind bestimmt allein.«

»Und werden es hoffentlich auch für die nächsten zehn oder mehr Jahre bleiben«, kam es von Glenn Parsonis, der für die Kommunikation mit dem Bordcomputer und das

Lernprogramm verantwortlich war. Die beiden anderen Personen in der Zentrale waren Klong Ertzig, 132 Jahre alt, mit dem schönen Titel »Passagierbeauftragter«, und Track Trackens, 88 Jahre alt, der als »Cheftechniker« eigentlich nur eine Alibifunktion hatte. Solange der Bordcomputer arbeitete, brauchten sie an Bord keinen Techniker. Eventuell entstehende Schäden würden selbsttätig von den bis zu einhundert Reparaturprogrammen behoben.

»Stella«, sagte Jard Morrona mit zuvorkommendem Lächeln, »bringen wir es hinter uns.«

»Aye, Sir!« bestätigte sie nach uraltem Brauch. Stella liebte die alten Raum- und Seefahrtgeschichten von den Speicherwürfeln, die sie vor der Übernahme durch ES auf der Erde gesammelt und verschlungen hatte.

Sie brauchten sich keinen geeigneten Landeplatz zu suchen. Das hatte das Forschungsschiff, das den Planeten gefunden und vermessen hatte, schon für sie erledigt. Das niedrige Plateau lag auf dem größten Kontinent dreitausend Kilometer oberhalb des Äquators, inmitten von dichten Wäldern. Es ragte zu drei Vierteln aus der Flanke eines Bergmassivs heraus, von dessen Hängen Wasserstürze und viele Bäche einen kleinen See speisten, der wiederum einen Ablauf nach unten besaß. Das Forschungsschiff hatte sogar die Wasserqualität mit Sonden untersucht. Es war für Menschen durchaus trinkbar und enthielt eine Reihe unverzichtbarer Mineralien.

Das gesamte Plateau besaß eine ovale Grundfläche mit einem Durchmesser von dreizehn Kilometern – Platz genug für eine Siedlung und Felder. Die Kolonisten führten Samen jener Pflanzen von Sainor mit, die sie dort bereits erfolgreich kultiviert hatten.

Die ARRAXA verringerte weiter ihre Geschwindigkeit.

Nach einer Stunde war sie so weit abgebremst, daß sie langsam in die Atmosphäre Suzuurs eintauchen konnte. Sie senkte sich weiter hinab, wobei sie den Planeten dreimal umrundete, ehe sie auf dem Plateau niederging. Die ARRAXA setzte vor der Bergflanke in einer weiten Lichtung mit steinigem Boden sanft auf.
Für einen Moment herrschte ein beklemmendes Schweigen in der Zentrale. Jeder der Anwesenden schien in diesen Sekunden seinen eigenen, ganz persönlichen Gedanken nachzuhängen.
Dann aber ließen die Raumfahrer ihrer Freude und Erleichterung freien Lauf und fielen sich gegenseitig in die Arme. Klong Ertzig eilte zum Interkom und bestätigte den tausend Passagieren, was diese selbst über die großen Bildschirme in ihren Versammlungsräumen und Kabinen miterlebt hatten: »Freunde! Wir sind auf unserer neuen Welt gelandet! Wir werden eine neue Insel des intelligenten Lebens im Arresum schaffen, und eines Tages werden unsere Söhne und Töchter von hier aus weiterfliegen zu anderen Planeten und den Samen immer weiter verbreiten! Dies ist ein großer Tag – für das Arresum, die Menschheit und jeden von uns! Macht euch zum Aussteigen bereit, Freunde.«
Grent Ghana, das hatten alle beschlossen, sollte als erster seinen Fuß auf den Boden von Suzuur setzen. Er war mit seinen stolzen 165 Jahren der Älteste unter den Kolonisten und bereits zum ersten repräsentativen Oberhaupt der Kolonie gewählt worden. Mit an seiner Seite war Jard Morrona, bei dem weiterhin die praktische Initiative lag.
Es war das Jahr vier der Neuen Arresischen Zeitrechnung, die natürlich nur für die Menschen galt. Am sechzehnten Tag im siebten Monat betrat Grent Ghana als erster Kolonist suzuurischen Boden und schlug damit ein neues Kapitel im

großen Plan von ES auf. Nach nur dreieinhalb Jahren hatten menschliche Siedler eine neue Heimat gefunden, um die an ihnen haftenden Lebenskeime weiterzutragen.
Für alle war es die Erfüllung eines schon lange gehegten Traums. Für manche der Beginn eines Alptraums.

Rocchor Delaar atmete die würzige, klare Luft des Planeten ein. Sie hatte vielerlei unbekannte Gerüche. Das Rochenschiff lag einige hundert Meter hinter ihm. Links stieg die Flanke des Berges an, dessen Gipfel etwa zweitausend Meter über dem Plateau lag, rechts war der See zu erkennen und voraus in der Ferne der Rand des Plateaus, von dem aus es gut einhundert Meter nach unten ging. Die obersten Wipfel der Urwaldriesen der Ebene waren noch zu sehen. Die Bäume, die hier oben wuchsen, waren nicht ganz so wuchtig, aber immer noch hoch genug.
Sie würden sie fällen müssen, um Platz für die Siedlung und weitere Felder zu schaffen. Ebenso benötigten sie Holz für ihre Häuser. Aber das sollte dann auch schon alles sein, was sie dieser Welt an Naturzerstörung antun wollten. Künftige Städte sollten einmal dort entstehen, wo genug Platz dafür war. Dies hier war erst der Anfang. Wie hatte es Jard Morrona einmal gesagt? *Wir werden die erste Zeit dazu brauchen, uns mit dem Planeten anzufreunden.*
»Es ist wundervoll«, hauchte Selne, als Rocchor sie an sich drückte und überall um sie herum die Menschen sich verteilten und ungläubig die neue Umgebung bestaunten. Die Sonne stand hoch am klaren Himmel und warf nur kurze Schatten. »Es ist ein Paradies, Roc, noch viel schöner, als ich zu träumen gewagt habe. Wir haben es wirklich geschafft.«
»Ja«, sagte er. »Es sieht ganz danach aus, Sel.«
Von irgendwoher kam der Schrei eines Vogels. Dann stoben

ganze Schwärme aus den Baumwipfeln auf und verdunkelten den Himmel. Sie kreisten über dem Plateau, als wollten sie sehen, wer oder was da auf ihrer Welt angekommen war. Dann verzogen sie sich wieder.
»Dahin kommt unser neues Zuhause«, sagte Selne glücklich lächelnd. Sie zeigte auf eine Stelle unterhalb des Berges. »Für dich, für mich und für ...«
Sie vollendete den Satz nicht. Statt dessen strich sie sich langsam über den Leib.
»Ja, Roc«, sagte sie leise. »Ich *spüre* es ...«

Zwei Tage später:

Die Lasten waren entladen. Mit Hilfe der überlassenen Formenergie-Projektoren und den darin eingespeicherten Programmen waren die ersten Häuser der Siedlung entstanden, die nach Abstimmung unter den Kolonisten »New Heaven« genannt worden war.
Ayindi-Roboter erledigten die Feinarbeit. Die Gebäude wurden an Generatoren angeschlossen, welche die Siedlung so lange mit Energie versorgen sollten, bis die Kolonisten andere, eigene Formen der Energiegewinnung gefunden hatten. Die Perspektive der Kolonisten sah so aus, daß irgendwann Satellitenstationen den Planeten umkreisen würden, um die aufgefangene, umgewandelte Sonnenenergie per Mikrowellen gebündelt zu den inzwischen überall auf Suzuur entstandenen Kraftwerken abzustrahlen.
Jeder Mann und jede Frau hatte nach diesen zwei Tagen bereits ein Dach über dem Kopf, wenngleich einige es vorzogen, die Nächte im Freien zu verbringen. Sicher würde es bald auch regnen, wahrscheinlich wolkenbruchartig, aber bisher war es trocken und der Himmel immer noch klar. Die wenigen

Wolken verliehen dem Abendrot einen zusätzlichen Zauber. Darüber hinaus stand auch immer noch die ARRAXA als Quartier zur Verfügung.
Rocchor und Selne Delaar gehörten in dieser Nacht zu denjenigen, die unter freiem Himmel schliefen. Tagsüber war es schwülwarm, und am Abend kühlte es kaum ab. Sie schliefen unbedeckt, nur auf einem breiten Luftkissen. Der Sternenhimmel war ihre Decke.
In den Baumwipfeln stießen die Vögel ihre letzten Schreie aus, und affenartige Tiere, die die Siedler bereits am Rand des Plateaus beobachtet hatten, schnatterten ihr Nachtlied. Schwärme von Insekten schwirrten über der Siedlung, aber zum Glück waren die inzwischen bekannten Arten relativ harmlos. Einige stachen oder bissen, aber das hatte bisher nicht zu Vergiftungen oder Entzündungen geführt.
»Gute Nacht, Schatz«, flüsterte Selne Rocchor zu und gab ihm einen Kuß. »Wenn du wieder nicht schlafen kannst, dann überlege dir einen Namen für unser Kind.«
»Laoorde«, antwortete er spontan, »wenn es ein Mädchen wird. Das ist eine wunderbare Blume auf einem Planeten, den ich einmal besuchte. Und wenn es ein Junge wird, dann heißt er ...«
»Synap«, flüsterte Selne, »so wie mein älterer Bruder, den ich verlor, als ich zehn Jahre alt war.«
Rocchor kannte die tragische Geschichte und stimmte ihr zu. Noch einmal küßte er seine Gefährtin, dann legten sie sich zum Schlafen hin.
Rocchor fand keinen Schlaf. Ihm ging wieder so vieles durch den Kopf, und wenn er einmal halb eingeschlafen war, schreckten ihn unerklärliche Alpträume hoch. Solche Träume hatte er bisher noch nie gehabt. Vielleicht hatte er unbewußt Angst, daß sie dieses Paradies wieder verlieren

könnten. Und dazu paßte noch etwas anderes: Gestern hatte er zum erstenmal Laute aus dem Dschungel gehört, die zunächst wie langes Geheul und dann abgehacktes Gebell klangen, und das ausgesprochen aggressiv.
Er hatte Selne nichts davon gesagt, vielleicht war es ja ganz harmlos. Auch keiner der anderen hatte bisher davon gesprochen. Insgeheim wartete er wieder auf das Geheul. Er erinnerte sich an die Berichte der ersten Kundschafter, die vom Plateau in die Ebene hinabgestiegen waren. Sie hatten die Kadaver mehrerer kleiner Tiere gefunden, halb abgenagt von scharfen Zähnen. Seitdem stand fest, daß es auf Suzuur – und zwar in unmittelbarer Nähe – Raubtiere geben mußte. Noch hatte sich keines auf dem Plateau blicken lassen. Wahrscheinlich, so redete er es sich ein, war es wegen seiner Frau und dem Kind, das sie erwartete. Nichts in der Welt durfte sie jetzt in Gefahr bringen.
Selne wollte unbedingt im Freien übernachten. Nur deshalb hatte er ihrem Drängen schließlich nachgegeben, obwohl er lieber in eines der Häuser oder ins Schiff gegangen wäre.
Die Siedler von Suzuur besaßen nur wenige Waffen, die ihnen die Ayindi überlassen hatten. Bulm Heteerah, der 68jährige »Magazinverwalter« der Kolonie, hatte sie unter seiner Obhut und gab sie nur heraus, wenn ein besonderer Anlaß gegeben war. Rocchor hatte allerdings einen kleinen Thermostrahler unter dem Luftkissen versteckt, der ihm bisher als Werkzeug gedient hatte, zum Beispiel um Schweißnähte zu brennen.
Die Nacht im Freien auf einer unbekannten Welt, quasi mitten im Dschungel, aus dem zahlreiche Pfade auf das Plateau heraufführten – das war für ihn nun mehr als sträflicher Leichtsinn. Rocchor empfand die Bedrohung mit jedem Atemzug stärker. Er war kurz davor, Selne zu wecken und

mit ihr ins Haus zu gehen, als das abgehackte Heulgebell wieder aufklang. Es war diesmal näher als in der letzten Nacht und kam offenbar von mehreren Seiten, als plötzlich Scheinwerferkegel von Handlampen aufflammten.
Rocchor hatte sich halb aufgerichtet. Ein Mann mit einer Stablampe trat auf ihn zu und legte ihm beruhigend eine Hand auf die Schulter.
»Wir werden nachsehen«, sagte er. »Wir halten am Plateaurand Wache, und morgen werden wir damit anfangen, einen Energiezaun um die Siedlung zu ziehen. Bleib liegen, Rocchor, und schlaf weiter.«
Ein Zaun. Das war das letzte, was Rocchor sich für die neue Heimat erhofft hatte. Außgerechnet ein Zaun – das Symbol für das Abgetrenntsein von der Außenwelt. Für die Isolation. Für das Fremdsein.
Sollte das schon das Ende des Traums sein? Rocchor blieb in dieser Nacht bei Selne, aber er schwor sich, am anderen Tag gegen diesen Plan zu sprechen. Er hatte selbst Angst gehabt, na schön, aber wovor denn überhaupt? Bisher hatte kein Überfall auf das Plateau stattgefunden. Und solange das nicht geschah, gab es keinen vernünftigen Grund dafür, sich abzuschotten.
Irgendwann schlief er trotz des Heulens und abgehackten Stakkatos in den Ohren ein. Es klang jetzt fast wehmütig.

3

Huurkazz

Eine Woche war vergangen, und eine überwältigende Mehrheit hatte gegen die Errichtung von Zäunen gestimmt. In jeder Nacht hallte das Stakkato herauf zum Plateau, aber noch hatte sich kein Raubtier aus der Ebene und dem Dschungel heraufgewagt. Nur die Affenähnlichen hatten ihre Scheu verloren und kamen jeden Tag näher an die Siedlung heran. Sie waren harmlos und verspielt.

Auf der anderen Seite war man sich klar darüber geworden, daß es an der Zeit war, die Umgebung gründlicher zu untersuchen. Ein Zehntel der Kolonisten genügte im Grunde, um die Arbeiten an der Siedlung weiterzuführen.

Die Siedler bildeten mehrere Gruppen von jeweils zehn Mann. Rocchor hatte sich ebenfalls gemeldet. Sie wollten an diesem Tag in den Dschungel hinabsteigen und sich dort umschauen. Für jeden neuen Tag waren weitere Exkursionen geplant, die sich immer mehr ausdehnten. Es galt, nach genießbaren Früchten zu suchen und vielleicht das eine oder andere Tier zu fangen oder zu töten. Auf Dauer konnten sich die Kolonisten nicht nur von ihren Nahrungskonzentraten ernähren. Und bis zur ersten eigenen Ernte würden noch Monate vergehen. Davon abgesehen sollten die Flora und Fauna der Umgebung in Bild und Ton katalogisiert werden. Das einzige Beiboot der ARRAXA, ein vorne stark eingebuchteter Diskus, sollte die Gruppen von der Luft aus beobachten und, falls es nötig sein sollte, zu ihrer Hilfe eingreifen. Selne sah es nicht gerne, daß Rocchor das Plateau verließ,

respektierte jedoch seinen Willen. Mit ihm gingen vier Männer und fünf Frauen. Sie alle waren diesmal mit Kombistrahlern bewaffnet, die die Ayindi eigens für die Menschen hergestellt hatten. Sie konnten wahlweise auf Impuls- und Paralysefeuer geschaltet werden, fast wie ihre terranischen Pendants. Für menschliche Hände waren sie lediglich etwas groß. Viktor Schnetz, der Anführer der Gruppe, war einer der besten Freunde von Selne und ihm. Er war 53 Jahre alt. Die Siedler hatten ihn zum Führer dieses Unternehmens gewählt.
Die Gruppe verließ New Heaven in den frühen Morgenstunden. Ein jeepähnliches Räderfahrzeug brachte sie zum Rand des Plateaus. Dort stiegen sie aus und folgten einem gewundenen und ausgetrampelten Pfad hinab in den Dschungel.
Wie Siedler berichtet hatten, war unter den Baumriesen ein gutes Durchkommen. Es gab zwar Stellen, die von dornigen Rankengewächsen überwuchert waren, aber sie ließen sich relativ leicht umgehen. Die zehn Männer und Frauen folgten bald dem Lauf eines kleinen, an die fünf Meter breiten, kristallklaren Flusses, der in Kaskaden von den Bergen herabkam.
»Ich würde Zäune errichten«, sagte Schnetz zu Rocchor, der an der Spitze der Gruppe neben ihm herging und Aufnahmen von Pflanzen machte, die zwischen den viele Meter dicken Baumstämmen mit den mächtigen Wurzelungetümen wuchsen. »Ich weiß, daß gerade du dagegen warst. Aber ich weiß auch aus Erfahrung, daß wir ohne Schutz nicht existieren können, Roc. Wenn du mich fragst, ist es ein Wunder, daß wir noch nicht von irgendwelchen Bestien überfallen worden sind.« Er lachte rauh. »Eine Siedlung mitten im Urwald – was für eine naive Idee!«

»Der Platz wurde aus mehreren Gründen ausgewählt«, erwiderte Rocchor. »Das weißt du genau. Durch die Bergflanke sind wir klimageschützt, wir haben Wasser und Land, wir ...«
»Wasser und Land hätten wir auch in der Ebene gehabt«, unterbrach ihn der andere. »Zum Beispiel an jeder der drei für die erste Stadt in Frage kommenden Stellen. Alle liegen sie an einem Fluß und in einer überschaubaren Landschaft. Wir hätten sofort mit dem Bau einer Stadt beginnen sollen. Es wäre kein Problem gewesen, wenn die Schiffe, die uns irgendwann einmal Nachschub bringen sollen, gleich mit uns geflogen wären, ihr Zeug ausgeladen hätten und wieder verschwunden wären. Weißt du was, Roc? Die Idee mit der Siedlung auf dem Plateau und dem, was ihr das *Anfreunden mit der neuen Welt* nennt, ist das Ergebnis eurer großen und gefährlichen Naivität. Ihr glaubt, daß alle Kreaturen grundsätzlich friedlich sind. Aber das stimmt nicht. Auch hier gilt das Gesetz der Wildnis. Es ist nicht ausgelöscht worden, weil wir in ES nur Harmonie gekannt haben. Ihr werdet es sehen. Hoffentlich ist es dann nicht zu spät.«
»Bist du fertig?« fragte Rocchor gereizt.
»Ich sage dir nur, wie es ist. Und ich sage es dir, weil wir Freunde sind und auch die nackte Wahrheit aussprechen können.«
Rocchor schwieg für eine Weile. Sie gingen am Flußufer entlang. Der Boden war moosig, hier und da mußten sie großen, wie in den Wald gewürfelten Steinen ausweichen. In etwa drei Metern Höhe spannten sich lianenartige Gewächse oder hingen wie Schlingen herab. Darüber begann die Zone der Verzweigung und der Parasiten, die in den auseinandergehenden Bäumen schmarotzten. Teilweise hatten sie herrliche bunte Blüten, die sich öffneten, sobald einer der wenigen Sonnenstrahlen auf sie fiel. Ansonsten herrschte ein diffuses Zwielicht unter dem grünen Dach, in dem sich die ihnen

bekannten Affen tummelten, aber auch kleinere Arten. Winzige Vögel schwirrten in Schwärmen an ihnen vorüber, auf der Suche nach Nektar oder Insekten.

»Das ist in Ordnung«, meinte Rocchor. »Aber warum sagst du, *ihr* habt dies getan oder *ihr* denkt das? Warum klammerst du dich aus? Fühlst du dich denn nicht mehr zu uns zugehörig? Warum hast du dich dann überhaupt für die Mission gemeldet?« Schnetz seufzte und strich sich mit der linken Hand durch sein kurzes blondes Stoppelhaar. Er hatte ein kantiges Gesicht mit hervorstehenden Wangenknochen. Den braunen Folienanzug hatte er gegen eine enganliegende, rote Kombination aus stabilem Plastikgewebe eingetauscht.

»Natürlich bin ich einer von euch – vielmehr von uns. Aber mehr als ihr sehe ich die Gefahren einer neuen Welt. Vielleicht deshalb, weil ich meine Vergangenheit nicht vergessen habe. Ich wurde viele Jahre lang geschult und gedrillt, um Gefahren schon dann zu erkennen, wenn sie noch gar nicht akut geworden sind.«

»Du wurdest dazu erzogen, mißtrauisch zu sein«, sagte Rocchor.

»So ist es, mein Freund. Und darum sage ich: Edna soll sich besser heute als morgen ans Hyperfunkgerät der ARRAXA setzen und das oder die Schiffe der Ayindi anfordern, die uns das Material für die Stadt und die Industrieanlagen liefern müssen – so, wie es mit ihnen abgemacht war. Und dann nichts wie ab in die Ebene. Den Traum von der Einheit mit der Natur können wir träumen, wenn wir stark genug sind, darin zu bestehen. Roc, wir müssen uns unseren Platz hier zuerst erobern und uns durchsetzen!«

»So?« fragte Rocchor. »Und gegen wen?«

Schnetz war stehengeblieben. Die Gruppe kam auf einer Lichtung zum Halten. Ganz langsam zog der Anführer seinen Strahler aus der Gürteltasche.

»Gegen ihn da«, sagte er leise und deutete hinüber zum Waldrand, wo sich Felsen zwischen den Baumstämmen türmten, als hätte das Kind eines Riesen sie dort gestapelt. »Gegen Huurkazz. Er ist da. Er beobachtet uns ...«

Rocchor strengte seine Augen an, aber er sah nichts. Mit einemmal fiel ihm auf, daß es fast vollkommen still geworden war. Kein Affengeschnatter mehr, keine Laute von anderen Kleintieren, die den Boden und das Unterholz bewohnten. Nur aus den Wipfeln kamen das Gezwitscher und die Schreie der Vögel.
»Huurkazz?« fragte Rocchor. Unwillkürlich flüsterte er. »Wer, zum Teufel, ist Huurkazz?«

Er ahnte es, noch bevor der andere antwortete. Die übrigen Männer und Frauen drängten sich um Schnetz. Sie starrten wie gebannt in den Wald.
»Das Geheul hört sich an wie ein langgezogenes *Huuuuur*, das Gebell danach wie ein schnelles *Kazz-kazz-kazz*. Deshalb Huurkazz.« Schnetz strich sich mit dem Ärmel über den schmalen Mund. »Mindestens einer lauert da drüben, oder es sind andere Raubtiere. Jedenfalls jagen sie den anderen Waldbewohnern dieser Welt einen Riesenschrecken ein – und wir sollten besser auch Angst haben.«
»Aber was sollen wir tun?« fragte Dora Borallo, eine 45jährige Schönheit mit flammendem roten Haar und einer Traumfigur. »Gehen wir einfach weiter, kehren wir um – oder versuchen wir, uns mit den Huurkazz zu verständigen, falls sie wirklich da sind?«
Virktor Schnetz lachte rauh.
»Frag Rocchor, er wird dir zur Verständigung raten. Er glaubt ja, daß alles, was auf Suzuur lebt, die große

Freundschaft schließen kann.« Rocchor ballte die Hände, sagte aber nichts. Er fragte sich nur, was Schnetz dazu gesagt hätte, daß er mit dem Thermostrahler unter dem Luftkissen schlief. »Der Fluß ist an dieser Stelle breiter und tiefer, da kommen wir nicht so schnell durch. Und wenn die Huurkazz schlau sind, haben sie uns den Rückweg schon abgeschnitten.«
»Du hältst sie für intelligent?« fragte Domian Lorr aus der Gruppe.
»Ich weiß, daß sie so vorsichtig und so schlau waren, sich während der letzten Nächte aus verschiedenen Richtungen immer näher an unser niedriges Plateau heranzupirschen. Folglich jagen sie gemeinsam. Vielleicht bereiten sie auch einen Angriff vor. Sie beobachten uns. Sie warten. Sie wollen wissen, mit wem sie es zu tun haben.«
»Um dann anzugreifen und zu sehen, wer der Stärkere ist?« fragte Dora. »Das sind wir mit unseren Strahlern.«
Schnetz sah sie fast mitleidig an.

»Hast du schon einmal gejagt, Dora?« fragte er etwas gereizt.
»Nein«, gab sie verwundert zurück. »Wann denn auch ...«
Er nickte nur und lauschte. Dann sagte er: »Wir gehen jetzt langsam weiter. Sie werden wissen, daß wir sie bemerkt haben. Weiß jeder von euch, wie man den Kombistrahler bedient?«
»Du hast es uns doch vor unserem Aufbruch ausführlich gezeigt«, antwortete Rocchor.
»Dann schaltet auf Paralysieren und haltet die Waffen entsichert in euren Händen. Sobald sich die Burschen zeigen, schießt ihr – aber erst auf mein Kommando!«
Einige murrten über seinen Befehlston, aber alle gehorchten dem erfahrenen Kämpfer. Manche blickten sich um. Ihnen

war anzusehen, daß sie lieber umgekehrt wären. Aber die Gruppe mußte zusammenbleiben.
»So schnell kann sich das ändern, Roc«, sagte Schnetz leise zu Delaar, als sie weitergingen. »Von der Idylle zum Ernstfall.«
»Du siehst Gespenster«, warf ihm Rocchor vor.
»Sehen tue ich sie noch nicht, aber spüren und riechen. Wir müssen uns unseren Platz auf Suzuur erkämpfen, glaub mir. Wir hätten es verdammt viel leichter gehabt, wenn wir nicht erst auf diesem Plateau gelandet wären.«
»Du hast ein Funkgerät in der Tasche. Ruf doch das Beiboot, damit es uns hier heraushölt.«
In Schnetz' Augen blitzte es triumphierend auf.
»So, du glaubst also doch an eine Falle? Dann werden wir ...«
Er verstummte mitten im Satz. Sie hatten das Ende der Lichtung erreicht; rechts war der Fluß, links der sich vor ihnen bis auf die Uferböschung schließende Wald.
Und dort stand er; etwas geduckt und doch groß. Rocchor mußte sofort an einen riesigen Wolf denken, mit weißem Fell, dreieckigem Kopf, einem Maul voller langer Zähne, die hinter drohend hochgezogenen Lefzen sichtbar wurden, und sechs Beinen.
Das Tier war gut einen Meter groß und halb so breit. Seine Länge konnte Rocchor nicht genau erkennen.

Er fühlte sein Herz schneller schlagen und umklammerte den Griff seiner Waffe.
Es hätte des Geheuls nicht bedurft, um ihn wissen zu lassen, daß er seinem Alptraum gegenüberstand. Für lange Sekunden maßen sie sich mit Blicken, die Menschen und das Tier mit den gelben, gefährlichen Augen.
Dann hob der Wolfsähnliche den Kopf und stieß sein langes

Huuuuuur-kazz-kazz-kazz aus. Viktor Schnetz wirbelte im gleichen Moment herum und sah die anderen von hinten kommen. Er schrie sein Kommando, jetzt zu feuern, und hatte sich schon wieder umgedreht, als das große Tier zum Sprung ansetzte.
Es verging noch in der Luft in einer explosionsartigen Erscheinung, getroffen von Viktors auf *Impuls* geschaltetem Strahler. Rocchor war für einen Moment schockiert und stellte fest, daß er gar nicht in der Lage gewesen wäre, abzudrücken. Der Angriff des Tieres war zu erwarten gewesen, aber dennoch viel zu schnell gekommen.
Und das gleiche galt für seine Artgenossen.
Es waren fünf oder sechs. Sie kamen von hinten und aus dem Dschungel herangeschossen und setzten zum Sprung an, bevor die meisten der schockierten Siedler ihren Strahler überhaupt auslösen konnten. Zwei Huurkazz wurden im Flug getroffen, aber zwei andere landeten auf einer Frau und einem Mann und warfen sie zu Boden. Sie schlugen ihre Fänge voller Kraft in die Körper der beiden. Die gelähmten Raubtiere rissen noch im Sturz zwei Frauen um und verwundeten sie mit ihren scharfen Krallen.
Jetzt endlich erwachte Rocchor aus seiner Starre und begann ebenfalls zu feuern. Seine Schüsse verfehlten ihr Ziel, dafür tötete Schnetz zwei Tiere, bevor diese weiter angriffen. Aus dem Dschungel kamen immer mehr Huurkazz. Schnetz befahl, die Strahler umzuschalten und mit Impulsenergie zu feuern, aber niemand außer Rocchor und Dora Borallo hörte ihn. Die Bestien heulten und bellten, als wollten sie einen Weltuntergang einläuten. Rocchor sah nur noch menschliche und tierische Körper und grelle Strahlbahnen. Er feuerte auf alles, was weiß war und herangeschossen kam.
Er traf einen Huurkazz, der ihn angesprungen hatte. Das Tier

war im Hitzestrahl gestorben, bevor es ihn ernstlich verletzen konnte. Rocchor war zu Boden gegangen und sah, wie zwei andere Menschen seiner Gruppe unter tobenden Bestien begraben wurden. Schnetz feuerte wie besessen, drehte sich, löste aus, ging in die Knie, kam wieder hoch. Er tötete in diesen wenigen Sekunden des Angriffs mindestens fünf Tiere und schoß auch noch auf sie, als die Überlebenden unter klagendem Heulen die Flucht ergriffen.

Und dann war plötzlich alles vorbei.

Rocchor kam auf die Beine und sah die grauenhaft zerfetzten Leichen von drei Frauen und zwei Männern. Er würgte, und als er daran dachte, daß eine der Frauen auch seine Selne mit ihrem Kind hätte sein können, mußte er sich übergeben. Eine weitere Frau war verletzt, hatte aber die Kraft, den paralysierten Körper eines Huurkazz von sich zu stoßen und aufzustehen. »Die kommen so schnell nicht wieder«, sagte Schnetz. »Sie wollten wissen, wer der Mächtigere ist. Ich hoffe, sie haben es jetzt begriffen.«

Rocchor starrte ihn an.

»Ist das alles, was dir dazu einfällt?« fragte er. »Hast du sonst nichts zu sagen? Da liegen Tote, Schnetz! Tote Freunde von uns! Und du denkst über Machtverteilungen nach.«

»In unser aller Interesse«, erwiderte der Anführer der um die Hälfte dezimierten Gruppe. »Jetzt wissen wir, woran wir sind. Du kannst es nicht länger leugnen. Dies ist nicht das Paradies. Dies ist eine Welt wie jede andere, und wir sind die Eindringlinge. Wenn wir hier leben wollen, müssen wir uns behaupten. Und das heißt Kampf.« Für einen Moment ließ er seine Maske fallen und legte Rocchor eine Hand auf die Schulter. »Roc, ich hätte es mir auch anders gewünscht. Wir dachten, das Arresum stünde uns offen, mit Welten, die nur auf uns gewartet haben. Es ist aber nicht so. Auch hier hat sich das Leben entwickelt, auch wenn es nur zwei bekannte Intelligenzvölker gibt. Auch hier müssen einmal Sporenschiffe gewesen sein, um die Saat des Lebens zu verbreiten.«

Er konnte nicht wissen, was Perry Rhodan auf der »anderen Seite« dazu erfahren hatte, nämlich daß es vor Jahrmillionen einen Schöpfungsplan für das Arresum gegeben hatte, der von dem Verräter Dosorom sabotiert worden war. Dosorom hatte die Abruse gesät, aber einem anderen Sporenschiff war es vorher noch gelungen, seine Saat auszubringen.

»Ich glaube, wir lassen jetzt das Beiboot kommen«, sagte Schnetz. Er holte das kleine Handfunkgerät aus einer Tasche seiner roten Kombination. »Bis es auf der Lichtung landet, dürften wir vor weiteren Angriffen sicher sein. Die Bestien haben ihre Lektion erhalten.«

Rocchor setzte sich auf einen Stein und legte den Kopf in die Hände.

War es das denn wirklich schon gewesen? Der Traum von einem friedlichen Leben innerhalb einer harmonischen Natur? So wie in ES? Geborgenheit, Sicherheit, Verständnis überall?

Oder hatte er soeben das Ende seiner eigenen Naivität erlebt?

Nach fünf Minuten landete das Beiboot. Männer und Frauen sprangen heraus und nahmen sich der Toten und der Verletzten an. Ihre Gesichter drückten namenloses Entsetzen aus. Schnetz bestand darauf, auch einen toten Huurkazz mit auf das Plateau zu nehmen, um ihn zu untersuchen.

Und Rocchor begriff, daß dies hier nicht mehr zu vergleichen war mit dem, was er von Sainor her kannte. Daß die Harmonie von dort hierher nicht übertragbar war und daß die Huurkazz nur ein erster Gegner im Kampf um die neue Welt waren.

Der Traum von der friedlichen Eroberung des Arresums zerplatzte wie eine Seifenblase. Aber damit gab er sich nicht zufrieden – noch nicht. Vielleicht hatte Schnetz recht, und sie hatten blauäugig die Natur des Planeten herausgefordert. Doch ein Mißerfolg durfte sie nicht um die ganze Hoffnung bringen.

An diesem Abend fand eine Krisensitzung aller Kolonisten im Raumschiff statt. Die Toten waren in den Kältekammern der ARRAXA aufgebahrt, ihre Angehörigen konnten den Verlust nicht fassen. Viele fühlten sich aufgefordert, sie zu trösten, doch niemand fand die Worte, um die eigene Bestürzung auszudrücken. Die neue Heimat, ausgemalt in den leuchtendsten Farben – mit einemmal hatte sie ihren herrlichen, unschuldigen Glanz verloren.

»Morgen werden wir mit dem Ziehen der Energiezäune beginnen«, verkündete Jard Morrona, nachdem er den Angehörigen sein ehrliches Beileid ausgesprochen hatte. »Danach werden wir beraten, ob wir per Hyperfunk die Nachschubschiffe anfordern wollen, um das Material und die Geräte zum Bau der ersten Stadt in der Ebene zu bekommen. Ich bitte euch, daß ihr euch darüber Gedanken macht. Ich weiß genausogut wie ihr, wie schwer es fällt, sich von unserem Traum einer neuen Welt, in der niemand dem anderen etwas antut, zu verabschieden. Ich schlage deshalb auch zur Abstimmung vor, ob wir hier auf Suzuur bleiben oder nach Sainor zurückkehren. Bitte überlegt es euch bis morgen abend. Dann wird eine weitere Versammlung stattfinden. Ich danke euch.«

Rocchor und Selne Delaar verließen das Schiff fast als letzte. Sie hatten jetzt ihr eigenes Haus, und sie schlossen die Tür hinter sich fest zu. Lange saßen sie vor einem

Würfel, der stroboskopartige Bilder projizierte, bevor Selne endlich das Schweigen brach.
»Du hättest auch tot sein können«, sagte sie. »Welch ein Glück, daß du noch lebst. Ich will nicht, daß du noch einmal in den Dschungel gehst, Roc.«
»Ich werde es nicht tun«, sagte er. »Bitte, gib dich für heute damit zufrieden. Ich weiß noch nicht, was ich denken soll.«
»Dann denke an uns, an unser Kind. Ich will nicht, daß es in der jetzt herrschenden Unsicherheit und in Gefahren aufwächst.«
»Also bist du dafür, nach Sainor zurückzufliegen?«

»Heilige Milchstraße – nein, Roc. Aber es muß sicher sein. Und das wäre es hier nicht.«
Er verstand sie. Die schöne Illusion von dem großen Plateau, das die Siedler mit allem versorgte, was sie zum Leben brauchten, war seit dem heutigen Tag vergessen. Der Traum vom Leben in und mit der Natur. Rocchor hatte verstanden. Hier konnten sie keinen Anfang machen. Sie mußten eine Stadt gründen, mit der nötigen Industrie drum herum, die ihnen unabhängig von den ayindischen Energiezellen eine vorläufige Energieversorgung garantierte. Vielleicht sollten sie von ihren Verbündeten direkt die Satelliten und Sonnenkraftanlagen installieren lassen. Rocchor nahm sich vor, morgen einen entsprechenden Vorschlag zu machen.
»Viktor hatte recht«, knirschte er. »Wir sind Idealisten und haben den Sinn für die Realitäten im Kosmos verloren«
»Wir werden es schaffen, Roc«, sagte Selne und kuschelte sich an ihn. »Wir haben vielleicht tatsächlich einen Fehler gemacht, und es wird auch nicht unser letzter gewesen sein; aber wir lernen daraus.«

In dieser Nacht hörten sie kein Geheul und kein Bellen. Alles blieb ruhig. Dennoch begannen die Kolonisten am anderen Tag mit der Errichtung von Projektorenketten für die Energiezäune rings um das Plateau.
Am frühen Nachmittag wurden die Toten bestattet. Sie fanden ihre letzte Ruhe im Boden des Planeten, in den sie so viele Hoffnungen gesetzt hatten. Am Abend dann waren die Zäune fertig und konnten eingeschaltet werden. Danach fand die angekündigte zweite Versammlung statt.
Der erste Punkt war die Entscheidung für oder gegen Suzuur. Wie Rocchor gehofft und erwartet hatte, fiel sie fast einstimmig. Lediglich zwölf Männer und Frauen waren dafür, nach Sainor zurückzukehren. Rocchor glaubte, daß sie noch unter Schock standen und ihre Meinung in wenigen Tagen wieder ändern würden.
Dann ging es um den Hyperfunkspruch nach Sainor mit der Bitte an die Ayindi, die Materiallieferungen zur Errichtung einer Stadt bereits jetzt abzusenden. Rocchor meldete sich zu Wort und stellte den Antrag, die Sonnenkraftanlagen gleich mit anzufordern. Mehr als drei Viertel der Anwesenden stimmten für beides.
»Dann wird Edna morgen ins Schiff gehen und einen Funkspruch absenden, den Grent und ich im Anschluß an diese Versammlung abfassen werden«, sagte Jard. »Er wird vorher noch öffentlich verlesen werden. Ich danke euch allen für euer Kommen und wünsche euch eine gute Nacht. Mag ES seine schützende Hand über uns halten.«
In dieser Nacht fanden Rocchor und Selne keinen Schlaf. Sie lagen aneinandergedrängt auf dem Rücken und starrten ins Dunkel. Einer von Suzuurs zwei Monden stand so, daß er durch den transparenten Teil des Daches schien. Er war halb von der auf der anderen Seite des Planeten stehenden Sonne angestrahlt.

Und dann hörten sie es wieder. Es kam von allen Seiten, so als stünden sie auf dem Plateau. Es mußten viele sein. Ihr Geheul überwog das aggressive Gebell, und wieder klang es irgendwie traurig.

Vielleicht, dachte Rocchor, *hätten wir uns doch mit ihnen arrangiert, den Herren dieses Waldes. Vielleicht hätten wir nur mehr Geduld haben sollen.*

Aber dann sah er sie wieder kommen und springen, die reine Mordlust in ihren Augen; sah die toten Kameraden, sah das viele Blut ...

»Ab wann spürt man sein Kind wirklich?« fragte Selne, als er noch mit den Gedanken ganz woanders war.

»Ich weiß es nicht«, gab er zu. »Ich bin keine Frau. Aber nach zwei Wochen sicher noch nicht. Warum?«

»Ach, nur so«, meinte sie. »Dann bilde ich es mir eben weiterhin nur ein.«

4

Die Stadt

Rebirth, so hatten die Siedler die erste richtige Stadt genannt, die für sie am Ufer des Flusses Manga entstanden war. *Rebirth* sollte symbolisch sein und bedeutete soviel wie Wiedergeburt, und Manga war der Name des Kommandanten gewesen, der mit seinem Ayindi-Forschungsschiff den Planeten vermessen und den Fluß für die erste große Ansiedlung ausgewählt hatte. Die Stadt lag einige hundert Kilometer weiter nördlich hufeisenförmig um eine Krümmung des Flusses in einer weiten, baumlosen Ebene. Das Plateau sollte mit seinen Häusern künftig als Forschungsinsel dienen. Die Zäune waren abgeschaltet worden. Die Generatoren liefen nicht mehr, konnten aber jederzeit wieder in Betrieb genommen werden.

Rebirth war innerhalb von acht Monaten fertiggestellt worden, nachdem die Ayindi mit drei Rochenschiffen das Baumaterial und das erforderliche Gerät nach Suzuur gebracht hatten. Ein mitgeliefertes Lernprogramm sorgte dafür, daß die Menschen die zum Teil überschweren Maschinen bedienen konnten. Ein Architekturprogramm half ihnen dabei, ihre Häuser und Türme, Hallen und Schutzmauern gegen den Fluß genau zu planen und gegen Hochwasser zu schützen. Es lief vieles wie von selbst. Nach einem knappen dreiviertel Jahr stand die Stadt, die vorerst nur von tausend Siedlern bewohnt wurde, aber für die zehnfache Zahl konzipiert war. Die Energieversorgung erfolgte über Satelliten und Sonnenkollektoren auf dem Boden. Der

nächste und letzte Schritt sollte konsequenterweise die Energiegewinnung aus dem Hyperraum sein – doch das war wirklich noch ferne Zukunftsmusik.
Im Stadtkern standen drei Türme, konzipiert für Büros und Schaltzentren. Ein Teil davon war jetzt schon in Gebrauch. Um diese Türme herum zog sich ein Ring mit Straßen und Parks. In diesen Ring integriert standen vier Hallen, jede für ganz bestimmte Zwecke gebaut: für Versammlungen, Kultur, Sport und eine zur freien Verfügung. Außerdem gab es ein modernes Krankenhaus, das bis auf die Geburtenstation noch nicht weiter belegt war. Alle Investitionen waren bereits jetzt für die Zukunft einkalkuliert. Noch war die Stadt geisterhaft leer.Die Wohnhäuser der Kolonisten zogen sich von Flußufer zu Flußufer. Rings um dieses Zentrum waren sie eingebettet in angepflanzte Bäume und Sträucher aus fruchtbareren Landstrichen, die noch niemand richtig kannte. Dahinter wiederum lagen die Flächen, die für die Landwirtschaft vorgesehen waren. Erst weit im Osten und Süden stieg das Land an und begannen die Urwälder. Daß es in der Flußebene keine größeren Baum- und Buschbestände gab, lag wohl an den saisonalen Überschwemmungen. Um gute Ernten zu erzielen, würden sich die Menschen viel einfallen lassen und eine Menge Arbeit leisten müssen.
Rocchor und Selne standen auf der obersten Aussichtsterrasse eines der Hochhäuser und ließen den Ausblick in die weite Landschaft auf sich wirken. Als Selne seinen in unergründliche Fernen gerichteten Blick bemerkte, nahm sie seine Hand und streichelte sie sanft.
»Ich weiß, was du jetzt denkst«, sagte sie mitfühlend. »ES gab uns den Auftrag, das Leben über das Arresum zu verbreiten. Wir hatten geglaubt, dies bereits mit sowenig fremder Hilfe wie möglich tun zu können. Das war leider ein

Irrtum, Roc. Aber in hundert Jahren werden wir eigene Werften haben und Schiffe bauen können. Dann können wir die Lebenssporen überallhin tragen, wo noch vor Jahren abrusisches Leben alles andere unmöglich machte. Wir werden den Ayindi ebenfalls neue Welten eröffnen. Das wird unser Dank an sie sein, und das wissen sie. Ich glaube nicht, daß es im Parresum jemals eine so fruchtbare Zusammenarbeit zwischen zwei so verschiedenen Völkern gegeben hat wie zwischen ihnen und uns.«

»Ich weiß«, antwortete er.

»Dann hör auf, dir Gedanken zu machen. Du bist Kybernetiker. Du wirst gebraucht, um unsere Nachrichtenstruktur aufzubauen. Und du wirst als Vater gebraucht, in höchstens ein oder zwei Wochen.«

Damit führte sie seine Hand über ihren ansehnlich gewordenen Bauch, unter dessen Haut sich das junge Leben schon lange sehr vehement rührte.

»Wir brauchen nicht mehr lange zu warten«, sagte sie. »Es sei denn, Laoorde ist genauso stur wie manchmal ihr Vater.«

Daß ihr Kind ein Mädchen werden würde, wußten sie seit dem Moment, als Eric Wejsser, der 70jährige, haarlose Bordarzt der ARRAXA und jetzige Chefarzt des Hospitals von Rebirth, endlich die Zeit und die Möglichkeit gefunden hatte, sich Selnes anzunehmen.

Rocchor nahm sie in die Arme und lächelte.

»So, wie es bisher steht, wird Laoorde die siebenundzwanzigste neue Bürgerin von Suzuur sein. 26 Kinder sind bereits geboren.«

»Und mindestens drei kommen vor ihr auf die Welt«, sagte Selne. »Ich möchte meine Geburt zu Hause erleben, nicht im Hospital.«

»Darüber wird Eric entscheiden«, meinte Rocchor. »Und jetzt

komm. Wir haben einen langen Tag hinter uns – du mit deinen Besuchen bei den anderen jungen Müttern, und ich im Büro.«
»Und was macht die Kommunikation?«
»Radio und Telekom haben wir schon«, antwortete er, »und die Computervernetzung wird in den nächsten drei Wochen erreicht sein. Wir kommen ganz gut voran, Schatz.«
»Stimmt es, daß sie auf Sainor mit dem Bau der ersten eigenen Computerfabriken begonnen haben?« wollte Selne wissen.
»So hieß es im letzten Hyperfunkspruch an die ARRAXA. Und es hieß auch, daß es Pläne für Schiffe gäbe, die in einigen Jahren im Orbit zusammengebaut werden könnten. Mir geht das zu schnell.«
»Dann siehst du, daß wir doch etwas gelernt haben, trotz der vermeintlichen Niederlage. Wir haben gelernt, geduldig zu sein.« Er grinste, und sie verließen den Turm. In ihrer Wohnung angekommen, zündete Rocchor ein elektronisches Feuer an. Die kleine Spielerei war ein Abfallprodukt von der Ayindi-Technik.
»Erinnerst du dich an meine Frage, ab wann eine Frau ihr Kind wirklich spüren könne?« wollte Selne wissen, als sie vor dem künstlichen Feuer saßen.
»Natürlich«, antwortete er.
»Ich bin mir nicht sicher, ob es von Anfang an nur Einbildung war. Ich glaube etwas gespürt zu haben, das anders war als ihre späteren Bewegungen. Es war mehr wie ein vorsichtiges geistiges Tasten.«
Rocchor blickte sie entgeistert an. »Wieso sagst du mir das erst jetzt?«
»Weil ich nicht sicher war, Roc. Aber jetzt glaube ich, daß es so war. Ich spüre sie in meinem Kopf, Roc. So als würde eine Stimme ganz leise darin flüstern.«
»Natürlich«, versuchte er sie zu beruhigen. »Du denkst, daß es

so wäre. In Wirklichkeit projizierst du deine eigenen Vorstellungen in dein Gehirn. Mach dich jetzt nicht noch verrückt, Schatz. Du wirst ein kerngesundes und ganz normales Baby zur Welt bringen.«

»Ja«, sagte sie nur. Danach schwiegen sie, vertieften sich in das künstliche Flammenspiel und schliefen irgendwann ein.

Am Tag darauf flog Rocchor mit seinem Ayindi-Gleiter zum Büroturm der Stadt, in dem er arbeitete. Am Abend würde es eine Zusammenkunft des gewählten Rates der jungen Kolonie in der Versammlungshalle geben. Er gehörte diesem elfköpfigen Rat an, der eigentlich schon nach der Ankunft auf dem Plateau hatte gewählt werden sollen. Grent Ghana übernahm den Vorsitz, Jard Morrona war sein Stellvertreter. Es sollte unter anderem darüber abgestimmt werden, den Hyperfunksender aus der ARRAXA auszubauen und in den Turm zu integrieren. Das Raumschiff stand außerhalb der Stadt. Sein Hyperfunksender war bisher für die gesamte Kommunikation verantwortlich. Rocchor würde dafür stimmen. Seiner Meinung nach war die Installierung der Anlage innerhalb der Stadt längst überfällig.

Er parkte den Gleiter und dachte kurz daran, daß es irgendwann in der Zukunft Transmitter geben sollte, die solche Fahrzeuge wenigstens im Stadtbereich überflüssig machten. Noch war daran nicht zu denken – es sei denn, diese wollte man *auch noch* von den Ayindi haben.

Rocchor erledigte seine Arbeit, war aber mit seinen Gedanken nur halb bei der Sache. Andauernd mußte er an Selne und ihr Kind denken. Und als ob er eine Ahnung gehabt hätte, erreichte ihn am frühen Nachmittag der Anruf von zu Hause.

Selne war ziemlich aufgelöst, weil das Baby jetzt schon, zwei Wochen vor Termin, kommen wollte. Die Wehen hatten

bereits heftig eingesetzt, und Rocchor zögerte keinen Augenblick, sofort nach Hause zu kommen. Er rannte Hals über Kopf aus dem Büro und stieg in seinen Gleiter ein.
Er kam gerade noch rechtzeitig, bevor Selne ins Hospital gebracht wurde. Eric Wejsser war bei ihr. Er überwachte ihren Gesundheitszustand, dann stiegen sie in einen Medo-Transporter ein. Zu Rocchor sagte er: »Es ist alles soweit in Ordnung, es gibt nichts, worüber du dir Sorgen machen müßtest.«
Rocchor folgte dem Transporter mit seinem Gleiter zum Krankenhaus. Flugs schlüpfte er in eine sterile Montur, damit er bei der Geburt im Kreißsaal dabeisein durfte.
Es dauerte keine Stunde, bis Selne entbunden hatte. Die kleine Bürgerin der neuen Welt schien sich im Mutterleib sehr wohl gefühlt zu haben; anders war es nicht zu erklären, weshalb die Kleine aus Leibeskräften schrie und sich einfach nicht beruhigen wollte. Doch als das Baby dann gewaschen und gewickelt war und seiner erschöpften Mutter in die Arme gelegt wurde, hörte es schlagartig auf. Rocchor blickte in die klarsten Kinderaugen, die er jemals gesehen hatte – er kannte *alle* Neugeborenen der letzten Wochen und Monate.
Selne lächelte glücklich und reichte ihm das Kind. Er nahm es vorsichtig, denn er hatte Angst, irgend etwas an dem kleinen, verwundbaren Körper zu zerbrechen Er sah in diese hellen, wasserblauen großen Augen und glaubte, daß seine Tochter ihn anlächelte.
»Ich gratuliere«, sagte Eric Wejsser. »Laoorde ist die achtundzwanzigste Suzuur-Geborene. Dartsda Krennik ist dir mit ihrem Sohn noch zuvorgekommen, Selne. Der gesunde Junge heißt Kreiner und kam heute morgen zur Welt.«
»Wann kann Selne mit mir nach Hause fliegen?«

»Sei nicht so ungeduldig, Rocchor. Laß sie mir drei bis vier Tage hier, Laoorde natürlich auch. Danach wirst du deine Selne wie neu zurückbekommen.«
»Wenn es sein muß«, maulte Rocchor. »Es gibt doch keine nachträglichen Komplikationen, die du mir verschweigst?«
»Beide sind vollkommen gesund«, versicherte ihm der Arzt. »Und jetzt verschwinde und geh an deine Arbeit zurück. Wir warten sehnsüchtig auf die Vernetzung des Hospitals, und du willst doch nicht, daß ich mich an höherer Stelle über dich beschweren muß?«
Beide Männer lachten. Rocchor beugte sich über Selne und küßte sie auf die Stirn. Dann strich er ganz vorsichtig über Laoordes runzlige rote Wangen.
»Sie wird einmal die Schönste der Stadt«, prophezeite Rocchor Delaar. »Die schönsten Augen hat sie jetzt schon.«
»Jaja«, murmelte Eric und komplimentierte ihn hinaus. Den nachdenklichen Ausdruck auf seinem Gesicht sah Rocchor nicht mehr.

Fünf Tage später hatte er seine Frau wieder. Er holte sie nach Feierabend auf dem Weg nach Hause ab und hörte, daß nach Laoorde weitere sechs Kinder geboren wurden. Dies waren jene Neugeborenen gewesen, deren Mütter schon als Schwangere den Flug nach Suzuur angetreten hatten. Der nächste Schub der auf Suuzur gezeugten Kinder würde in schätzungsweise zwei Monaten folgen. Von Wejsser wußte Rocchor, daß es an die zweihundert waren. Wenn das so weiterging, würde die Stadt nicht sehr lange leer sein.
Sollte es nicht zu unerwarteten Katastrophen kommen, dann ließ sich der Zeitpunkt absehen, an dem sich die menschliche Bevölkerung Suzuurs verdoppelt hatte. Die Paare würden es nicht bei einem Kind belassen. Alles, was sie zum Leben

benötigten, erhielten sie aus Bulm Heteerahs Magazin. Doch bald würde die erste Saat in den Boden gebracht werden können. Die Trupps, die in die Wälder aufgebrochen waren, hatten auf lichten Hochebenen Herden von Tieren aufgespürt, die eine milchähnliche Flüssigkeit gaben und sich domestizieren lassen würden. Es waren schon Planquadrate eingeteilt, um Pferche zu schaffen.

Rocchor war in diesen Tagen hin- und hergerissen zwischen seiner Arbeit und dem Wunsch, bei seiner kleinen Familie zu sein. Die Vernetzung machte weiterhin Fortschritte. Er schrieb tagsüber Protokolle und freute sich abends ganz besonders auf seine junge Familie. Laoorde entwickelte sich optimal und behielt ihre großen hellen Augen, mit denen sie ihn immer anlächelte.

Das Hyperfunkgerät wurde wie beschlossen in die Stadt geschafft. Die Vorratskammern der ARRAXA waren immer noch gut gefüllt, aber schon wuchsen auf den Feldern die ersten Getreidegräser heran, und die Knollenfrüchte reiften in der Erde. Von den aufgespürten Tieren wurden zwanzig Exemplare, die man der Einfachkeit halber »Kühe« nannte, mit dem Beiboot von ihrer Lichtung geholt und nahe der Stadt in Energiepferche gesteckt. Sie glichen frappierend den irdischen Kühen. Nach zwei Monaten hatte sich ihre Zahl auf über fünfzig erhöht. Ihre milchähnliche Flüssigkeit ließ sich trinken und war sogar ausgesprochen nahrhaft. Als das erste Tier notgeschlachtet werden mußte, weil es mit einem Fuß in ein Bodenloch geraten war und sich das Vorderbein gebrochen hatte, brieten sie das Fleisch und stellten fest, daß es lecker schmeckte.

In diesen Tagen wurde die Frage diskutiert, ob die Arresum-Menschen sich auf ihren neuen Planeten nur vegetarisch ernähren oder auch das Fleisch getöteter Tiere essen sollten; Viktor Schnetz war es wieder, der davor warnte, sich hehren Träumen hinzugeben. Seiner Ansicht nach war die Kolonie zum Untergang verurteilt, wenn sie sich ausschließlich auf pflanzliche Nahrung verließ. Eine einzige Mißernte konnte das Ende bedeuten. So dramatisch wie er sahen es längst nicht alle, doch schließlich entschied sich die Mehrheit für die Verzehrung von Fleisch.

Der erste Jahrestag der symbolischen Grundsteinlegung der Stadt war auch der Tag, an dem es galt, eine erste umfassende Bilanz zu ziehen. Rocchor und Selne verfolgten die Bildsendung zu Hause an ihrem Maximedia-Bildschirmgerät. Grent Chana sprach lange und ausführlich. Die Stadt war fertig und vernetzt. Die Ernährung der noch kleinen Bevölkerung war notfalls noch auf Jahre hinaus durch Konzentrate sichergestellt, bis die Land- und Viehwirtschaft ausreichend Nahrung für alle boten. Man hatte in diesem ersten Jahr alle Jahreszeiten kennengelernt, die infolge der relativ geringen Achsenneigung des Planeten kaum große Unterschiede aufwiesen. Es gab keine harten Winter und keine gnadenlosen Sommer, die das Land ausdörrten und den Fluß zum Versiegen brachten. Im Winter fiel in den Bergen viel Schnee. Das Tauwasser gelangte im Frühjahr durch die Nebenflüsse in den Manga und verwandelte ihn in einen reißenden Strom. Die Stadt und die Felder waren jedoch durch Mauern und Dämme ausreichend geschützt.

»Er muß sich komisch vorkommen«, lachte Selne, »tausend Leuten zu erzählen, was sie sowieso alle wissen. Warum sagt er nicht einfach, daß wir alle anstoßen und ins neue Jahr hineinfeiern sollen?«

»Er nimmt seine Aufgabe eben sehr ernst«, meinte

Rocchor. »Und das ist gut so.«
»Gut so«, wiederholte Laoorde.
Rocchor drehte sich zu ihr um und zog sie auf seinen Schoß. »Du verstehst das, ja?« fragte Rocchor. »Du mit deinen vier Monaten weißt genau, was der alte Mann auf dem Schirm uns sagt – ja, mein kleiner Schatz?«
»Natürlich nicht«, sagte Selne. »Das kann sie in ihrem Alter gar nicht. Rocchor, du solltest das besser wissen. Oder willst du sie auf den Arm nehmen?«
»Den ganzen Tag«, lachte er. »Und nie mehr loslassen. Sie ist das schönste und klügste Kind, das ich jemals gesehen habe.« »Das denkt jeder Vater«, seufzte sie. »Und natürlich auch jede Mutter.« Sie wurde ernst. »Wobei ich natürlich nicht abstreiten kann, daß kein Kind in diesem Alter schon zusammenhängende Wörter von sich gibt.«
»Sie wiederholt doch nur, was sie von mir gehört hat«, tröstete er sie.
»Eben da bin ich mir nicht so sicher«, sagte Selne. »Laoorde entwickelt sich zu schnell. Und sie *hat* zu mir gesprochen, in meinem Leib.«
Das Kind drehte sich in Rocchors Arm zu ihr um und lachte. »In meinem Leib«, wiederholte es ihre Worte.
»Siehst du es jetzt?« fragte Selne.
»Hätte sie eigene Gedanken formulieren wollen, dann hätte sie sagen müssen, in *deinem* Leib«, sagte Rocchor. »Mach dir keine Sorgen. Du denkst bestimmt an die Hyperintelligenten, oder? Warum sollte ausgerechnet unsere Tochter eine von ihnen sein? Bei diesen stinknormalen Eltern ...«
Sie lachte über den Scherz, aber es klang nicht überzeugend. »Ich habe dir bisher etwas verschwiegen«, sagte sie. »Ich hielt es auch nicht für so wichtig. Eric hat nach

Laoordes Geburt Hirnwellenmessungen angestellt, einfache Routine heutzutage. Laoordes Gehirn ist anders als die der anderen Suzuur-Geborenen, Roc. Es ist weitaus stärker entwickelt und sendet Wellen auf einem Spektrum aus, das Eric bisher völlig unbekannt war.«
»Und was bedeutet das deiner Meinung nach?« fragte er.
»Daß sie doch eine von ihnen ist, Roc.«

5

Laoorde: fünf Jahre

Sie spielte zwar noch mit ihrem Vater 4-D-Schach, aber eigentlich nur, um ihm einen Gefallen zu tun. Manchmal ließ sie ihn auch gewinnen, und zwar so raffiniert, daß er denken mußte, er hätte es aus eigener Kraft geschafft. Dann war er stolz und spendierte ihr großzügig eine Revanche, die sie je nach Lust und Laune gewann oder verlor.

Laoorde liebte es, wenn er erleichtert und zufrieden war. Sie empfand Trauer, wenn er sich Gedanken machte. Das gleiche galt noch mehr für ihre Mutter. Sie spürte, daß etwas nicht so war, wie es hätte sein sollen, und daß es ihre »Schuld« war. Sie wußte, daß sie anders war als die anderen Kinder, die älteren wie die jüngeren. Es schmerzte sie, und sie tat bewußt oder unbewußt alles, um die Unterschiede zu verwischen. Ihr bester Freund war Kreiner Krennik, der am gleichen Tag wie sie Geburtstag hatte. An ihm, an seinem Verhalten orientierte sie sich, um sich so normal zu geben, wie es all die anderen taten. Ein Grund war natürlich auch, daß einige der anderen Kinder sie wegen ihrer Schlauheit nicht mochten oder sogar schon gehänselt hatten. In letzter Zeit, nachdem sie auf alles Auffallende verzichtet hatte, hatte sich das wieder gegeben. Sie mußte nur gut aufpassen, was sie sagte und tat.

Über mangelnde Elternliebe konnte sie sich nicht beklagen. Vater und Mutter vergötterten sie und opferten jede freie Minute für sie. Sie war der Mittelpunkt ihres Lebens. Im Gegensatz zu den meisten anderen Erwachsenenpaaren hatten sie bisher darauf verzichtet, noch einmal Nachwuchs zu zeugen.

Vielleicht aus uneingestandener Angst, ein weiteres hyperintelligentes Kind zur Welt zu bringen; oder aber aus der Furcht heraus, ein normales Kind könne sich neben ihr nicht so entwickeln, wie es richtig gewesen wäre.
Das Mädchen mit den hellblonden, langen lockigen Haaren sah – nein, es *fühlte* – diese Probleme und war nicht glücklich damit. Sie verstand noch nicht alles, aber sie begriff, daß sie geistig auf dem Stand eines Halberwachsenen stand. Im inzwischen errichteten Kindergarten tat sie nach wie vor alles, um wie ihre Altersgenossen zu wirken. Wenn sie bald in Schule kam, dann mußte sie so tun, als habe sie alles erst noch zu lernen. Keiner durfte merken, daß sie schon alles wußte und konnte. Eines hatte sie klar erkannt: Nur so wurde sie nicht ausgeschlossen.
Dabei war sie nicht *ernster* als die anderen Kinder. Sie wußte um ihre Sonderrolle, hauptsächlich gefühlsmäßig, aber sie war auch verspielt. Laoorde wußte manchmal selbst nicht, was sie aus sich machen sollte. Dann kam sie sich vor wie *zwei* Menschen, und die Sehnsucht nach der Unbekümmertheit der anderen überkam sie wie ein körperlicher Schmerz. Wie lange mußte sie verbergen, wie sie wirklich war?
An diesem Tag traf sie sich wieder mit Kreiner. Seine und ihre Eltern wohnten nicht weit auseinander. Sie waren bei ihr zu Hause und spielten in einem Sandkasten, der eine zweite Ebene mit einer Gravopyramide hatte. Darin konnten sie mit dem Sand Häuser bauen, wobei es darauf ankam, möglichst hoch in den vielen würfelförmigen, durchsichtigen und von unten auffüllbaren Elementen zu kommen, bevor der Gravitationsvektor durch eine Zufallsautomatik wechselte. Für Laoorde war das kein Problem, sie fand das Spiel eher schon langweilig. Kreiner aber erlebte ein aufs andere Mal, wie seine kleinen Pyramiden zusammenfielen.

Damit er nicht wütend wurde, ließ sie es auch bei sich zu »Pannen« kommen.

»Komm«, sagte sie nach dem nächsten gescheiterten Versuch zu ihm. »Wir gehen ins Haus. Wenn mein Vater nach Hause kommt, frage ich ihn, ob er uns zu den Weiden bringt. Sicher wird er das tun. Er tut alles, worum ich ihn bitte.«

»Immer?« fragte Kreiner erstaunt. »Wo ist denn eigentlich deine Mutter?«

»Na, bei deiner, was dachtest du?«

Er gab sich damit zufrieden und sah sich mit ihr ein Schulungsprogramm für Erwachsene an, in dem es darum ging, wie der Getreideanbau durch Zucht und Kreuzung effizienter gemacht werden konnte. Inzwischen hatten die Siedler ihre von Sainor mitgebrachten Sorten mit solchen von Suzuur gekreuzt und dabei erstaunliche Ergebnisse erzielt. In den Einkaufszentren der Stadt wurde bereits zu erschwinglichen Preisen eigenes Brot angeboten. Eine Verrechnungswährung für Berechtigungsscheine, der *Suz*, war vor einem halben Jahr eingeführt worden. Kreiner interessierte das alles überhaupt nicht. »Mann, ist das langweilig«, beschwerte er sich. »Hast du kein anderes Programm? Wann kommt dein Vater endlich?« Das einzige andere Programm, das vom Kom-Turm kam, bestand aus Endloswiederholungen von Sketchen.

Dann erschien Rocchor endlich. Laoorde sprang ihm mit einem Freudenschrei in die Arme und gab ihm einen dicken Kuß. Er drückte sie und wäre fast ins Taumeln geraten.

»He, nicht so stürmisch, mein Engel«, sagte er lachend und setzte sie ab. »Wo ist Mami, noch immer bei den Krenniks?«

»Was dachtest du?« meinte Laoorde. »Vati, fliegen wir zu den Koppeln? Ich habe es Kreiner versprochen. Und du weißt ja, Versprechen muß man halten.«

»Ich wäre zwar lieber gefragt worden«, meinte er, »aber

wenn es dein Wunsch ist, Spatz, dann machen wir noch einen Ausflug. Wir haben herrliches Wetter. Viel zu schade, um drinnen zu sitzen.«

Sie drehte sich triumphierend zu Kreiner um und winkte ihm. Der Junge lief hinter ihr her zu Rocchors Gleiter. Kurz darauf, Rocchor hatte gerade einige Dinge im Haus abgestellt, die er von der Arbeit mitgebracht hatte, waren sie in der Luft und flogen ostwärts. Sie ließen die Stadt hinter sich und landeten vor einer der Koppeln, in denen inzwischen mehr als zweihundert Suzuur-Kühe standen und sich am saftigen Gras satt fraßen, das dank gezielter Düngung in der Ebene wuchs und gedieh. »Die Kälbchen sind schön«, sagte Kreiner. »Ob ich einmal auf einem reiten darf?«

»Wenn du größer bist«, wurde er von Laoorde belehrt. »Noch würden sie dich abwerfen, weil sie wild sind.«

»Und woher weißt du das?«

Laoorde wollte antworten, sah aber rechtzeitig den Blick ihres Vaters, der sie warnte.

»Von mir weiß sie das«, sagte Rocchor. »Diese Kälber wurden mit ihren Eltern hierhergebracht, eine ganze Herde, Kreiner. Sie sind alle noch wild. Du siehst sie hier zwar friedlich grasen, auch anfassen lassen sie sich, aber das Reiten haben sie noch niemandem erlaubt. Sie sind dafür wohl auch gar nicht geschaffen.«

»Dann will ich ein Kälbchen streicheln«, sagte Kreiner.

Rocchor seufzte und schüttelte den Kopf. »Auch das geht nicht«, erklärte er geduldig. »Ich könnte eines anlocken, aber danach müßte ich eine Öffnung im Energiegatter schaffen, damit du und das Kälbchen keinen Schock bekommt. Und das dürfen nur die Betreuer der Herden und die Melker. Nur sie haben den Schlüssel dazu.«

»Schlüssel?« fragte der Junge. »Ihr könnt einen Energiezaun mit einem Schlüssel aufschließen?«
»Ich will wieder spielen«, erlöste Laoorde ihren Vater. »Komm und frag nicht soviel, Kreiner. Ich finde das langweilig.«
»Aber *du* wolltest doch zu den Weiden!«
»Und *ich* habe jetzt keine Lust mehr. Wenn du jetzt Ruhe gibst, zeige ich dir etwas, das ich noch keinem anderen Kind gezeigt habe.«
»Was denn?« wollte Kreiner wissen.
»Ein Buch. Ich habe es selbst gemalt und geschrieben.«
»Wir haben ihr dabei geholfen«, sagte Rocchor schnell. »Aber das ist eine gute Idee. Komm, wir fliegen heim, und Laoorde zeigt es dir. Vielleicht könnt ihr zusammen auch so ein Buch machen.«
»Was ist das, ein Buch?« fragte Kreiner.

Am Abend, als es für Laoorde Zeit wurde, ins Bett zu gehen, fragte sie ihren ohnehin erschöpften Vater: »Wieso hast du Kreiner belogen, Vati? Ich *bin* doch auf einem Kälbchen geritten, weißt du das nicht mehr?«
»Ich habe extra gesagt: Die *Erwachsenen* sind noch nicht auf den großen Tieren geritten, mein Engel.« Rocchor war auf die Frage vorbereitet gewesen.
»Warum ließ mich das Kälbchen auf seinem Rücken sitzen?« fragte das Kind. »Es war ganz ruhig und still. Ich glaube, es hat mich gern gehabt.«
»Dich muß man ja auch einfach gern haben«, sagte Rocchor und nahm sie auf den Arm. »Und jetzt sage Mami gute Nacht. Morgen ist wieder ein neuer Tag, der viele neue Überraschungen bereithält. Schlaf schön, damit die Feen und Elfen dich beschützen.«

»Ich habe sie gesehen, letzte Nacht«, sagte Laoorde. »Es waren ganz viele in meinem Zimmer.«
Als das Kind im Bett lag setzte sich Selne ihm gegenüber in einen der flachen Formenergiesessel. Sie schwieg fünf Minuten lang, für Rocchor ein absolutes Alarmsignal. Dann platzte die Frage aus ihr heraus:
»Laoorde ist also auf einem der Kälber geritten, als du mit ihr bei den Weiden warst. Ihr wart also hinter den Energiegattern. Jeder wildgewordene Bulle hätte euch mit seinen Hörnern aufspießen können. Warum hast du mir das verschwiegen, Rocchor? Seit wann haben wir Geheimnisse voreinander?«
Er hob abwehrend die Hände.

»Friede, Sel. Warum hätte ich dich unnötig beunruhigen sollen? Du vertraust mir doch? Wir waren nicht auf der Weide, sondern in der Energieschleuse, wo die Kühe gemolken werden. Laoorde wollte so gerne ein Kalb streicheln, also habe ich mir von Marge Horner den Impulsschlüssel geben lassen, um die Schleuse zu schalten. Ich habe ein Kalb angelockt, und ... Nein, es war alles ganz anders.«
»Laoorde hätte sich an den Energiezäunen verbrennen können!« warf Selne ihm vor.
»Die Zäune verbrennen niemanden. Sie geben nur leichte Schocks an die Tiere ab, die die Weiden verlassen wollen. Aber glaubst du, ich hätte unsere Tochter im Ernst einem solchen Schock ausgesetzt? Sie war immer an meiner Hand, bis ...«
»Bis?«
»Bis das Kalb kam. Ich hatte es mit Grasbüscheln herbeizulocken versucht, aber es stierte mich nur dumm an. Dann blitzten Laoordes Augen auf, und aus ihrem Mund kamen plötzlich Worte, wie ich sie noch nie gehört habe. Sie klangen

beruhigend, sehr fremd, aber das Kalb schien sie irgendwie zu verstehen. Es kam langsam heran und ließ sich von Laoorde anfassen, ja sogar streicheln. Und als unsere Tochter mich dann bat, sie auf seinen Rücken zu setzen ...«

»... hast du es getan«, erriet Selne.

»Ich konnte gar nicht anders, Schatz. Es war wie ein seltsamer Zauber, der auf einmal über allem lag. Das Kalb schmiegte sich an Laoordes kleinen Leib, ganz sanft und liebevoll. Ich hob Laoorde auf seinen Rücken, sie hielt sich fest, und das Tier trottete langsam los. Nach ein, zwei Runden kam es zu mir zurück, so daß ich unser Kind wieder herunternehmen konnte. Du hättest es sehen müssen, Sel! Unser Kind hat mit dem Kalb *gesprochen*, ich weiß es genau. Auch wenn ich keine vernünftige Erklärung dafür habe.«

Selne schwieg wieder, minutenlang. Rocchor trank von dem synthetischen Wein und spürte nach dem zweiten Glas, wie der Alkohol langsam in seinen Kopf stieg. Eine Spannung hatte sich zwischen ihm und seiner Frau aufgebaut, und das haßte er. Er hatte es nie soweit kommen lassen wollen. Dieses plötzliche Schweigen schmerzte ihn.

»Sel«, sagte er, »ich bin vorsichtig, das weißt du. Wir beide müssen es sein. Laoorde ist so weit entwickelt, daß weder du noch ich wissen, was sie morgen imstande sein wird zu tun.«

»Weißt du, wovor ich die größte Angst habe?« fragte sie. »Daß Laoorde heute oder morgen ihre eigenen Wege geht, daß wir als normale Menschen für sie nur noch Ballast sind – etwas, das sie in ihrer weiteren Entwicklung hemmt. Irgendwann ist es soweit, Roc!«

Er stand auf, ging um den flachen Tisch herum und hockte sich zu ihr.

»Sie ist unser Kind, und sie wird es auch immer bleiben. Sie verbirgt jetzt schon ihre wahren Fähigkeiten und wird

es ebenfalls tun, wenn sie erwachsen ist. Sie wird uns nicht fremd werden durch unsere ganze Liebe, die wir ihr schenken. Wir sind eine Familie, Sel, und wir werden es immer bleiben.«
Selne wischte sich eine Träne aus ihrem rechten Auge.
»Warum, Roc?« fragte sie mit erstickter Stimme. »Warum mußte *uns* so etwas passieren? Warum kann sie nicht ein ganz normales Kind sein?«
»Ich weiß es nicht. Aber wir sollten nicht jammern, sondern stolz auf sie sein. Vielleicht liegt es an der langen Zeit, die wir in ES verbracht haben. Vielleicht wurden teilweise unsere Gene beeinflußt. Dann wären die Hyperintelligenten wahrscheinlich die erste und letzte Generation jener Menschen. Vielleicht sind sie dazu ausersehen, die Geschicke der Menscheit hier im Arresum zu lenken, bis die nötigen Weichen für die Zukunft gestellt sind. Wir müssen einfach das Beste daraus machen.«
»Ich liebe dich, Roc«, flüsterte Selne und schlang ihre Arme um ihn.
»Ich dich doch auch«, sagte er und küßte sie.

Und im Kinderzimmer lag Laoorde mit offenen Augen in ihrem Bettchen und versuchte die Feen und Elfen zu zählen, die durch das offene Fenster hereingeschwirrt kamen. Bei einhundert angekommen, schlief sie ein und träumte eine neue, schöne Geschichte.

Am anderen Tag setzte Selne ihre Tochter vor dem Kindergarten ab. Auf dem Weg vom Hof in den Gemeinschaftsraum kam Devor Brack mit fünf Freunden auf sie zugeschlendert. Er machte es sich auf einem niedrigen Mäuerchen bequem.

»Wie ich gehört habe, warst du oben bei den Weiden«, sagte Devor. »Was hast du denn da getan?«
»Mir die Kälbchen angesehen«, antwortete Laoorde. »Mit meinem Vater.«
»Und Kreiner«, verriet Devor seinen Informanten bereitwillig. »Dein Freund konnte den Mund nicht halten. Er hat auch gesagt, du wärst schon auf einem Kalb geritten.«
»Das ist gelogen!« entfuhr es ihr. »Gelogen von dir!«
»Bist du oder bist du nicht?«
»Nein!« sagte sie heftig. »Kreiner kann das gar nicht wissen!«
Zu spät wurde ihr klar, was sie da gesagt hatte. Mit einem breiten Grinsen auf dem Gesicht hüpfte Devor von der Mauer und kniete sich vor sie hin.
»Verzeih mir, große Laoorde, wenn ich je Zweifel an dir hatte. Ich möchte auf immer dein Diener sein, der Diener einer *Kreatur*, die ...«
Weiter kam er nicht.
Laoorde sah ihm tief in die Augen. Sonst tat sie nichts. Er stammelte nur noch wirres Zeug und stapfte, von seinen verblüfften blutjungen Kumpanen gefolgt, zurück in den Kindergarten.
Laoorde aber spürte, wie ihr Herz wild klopfte. Wieder mußte sie sich wehren, doch das erstemal geschah es ohne ihr Zutun. Es war einfach aus ihr herausgekommen.

So wie der Blick, mit dem sie das Kälbchen angeschaut hatte. Nach diesem Erlebnis ging sie nicht in das Gebäude hinein, sondern nach Hause. Sie kannte den Weg, obwohl sie ihn noch nie alleine zurückgelegt hatte. Ihre Mutter war zu Hause und nahm sie überrascht in Empfang. Laoorde erfand irgendeine Ausrede.
Am nächsten Morgen wollte sie nicht aufstehen. Nur mit

Widerwillen ließ sie sich zum Kindergarten fliegen. Sie hatte Angst vor Devor, der sie schon immer am meisten gehänselt hatte. Doch auf dem Weg verwandelte sich ihre Angst in Angriffslust. Sie verstand sich selbst nicht. Sie durfte und wollte nicht auffallen – aber alles in ihr drängte danach, die Störenfriede in ihre Schranken zu weisen.

Ihre Erzieherin hieß Wong Tahoe und wurde von allen Kindern geliebt. Im Spiel- und Bastelraum hing ein großer Bildschirm, auf dem ihre Bilder, die sie von ihrem Pult aus malten, angezeigt wurden. Die Tische und Stühle waren an die Wände gerückt, damit sie in der Mitte ausreichend Platz für ein großes Spielfeld mit Matten hatten. Hier konnten sie turnen und balgen, mit Klötzen Häuser bauen und sich mit 3-D-Spielen die Zeit vertreiben.

Laoorde hatte an diesem Tag überhaupt keine Lust zum Spielen. Alles, was sie hier tun konnte, kam ihr kindisch und primitiv vor. Schnell hatte sie gemerkt, daß Devor Brack sie immer wieder verstohlen beobachtete. Ihr war klar, daß er Rache für seine Niederlage von gestern nehmen wollte. Irgend etwas hatte er vor. Sie hatte nur noch keine Ahnung, was. »Laoorde?« rief Kreiner, der neben ihr saß. Wong Tahoe erklärte gerade ein Spiel, das sie heute mit den Kindern spielen wollte. Es sollten zwei Mannschaften gebildet werden. Laoorde hörte nur halb zu und drehte sich zu Kreiner um.

»Warum hast du Devor gesagt, ich wäre auf einem Kälbchen geritten?« funkelte sie Kreiner an. »Ich rede erst wieder mit dir, wenn ich es weiß.«

»Aber ich habe doch gar nichts gesagt«, flüsterte er empört. »Außer daß wir bei den Weiden waren.« Er biß sich auf die Unterlippe und schlug die Augen nieder. »Ich wollte nur ange-

ben, weiter nichts. Von Reiten war nie die Rede, ich schwöre es.«
»Angeben?« fragte sie leise. »Womit denn?«
»Na, daß ich dein Freund bin und wir eben zusammen bei den Weiden waren. Devor fragt mich ständig über dich aus. Aber ich sage ihm nichts, auch nichts von deinem ... deinem Buch. Er will dir weh tun, aber keine Sorge, ich beschütze dich. Darum hat er mich ja auch ...«
»Was?« fragte sie, als er beschämt schwieg. »Gehauen?«
Er nickte nur und zeigte ihr unter der Bank einen Bluterguß und einige Kratzwunden, die er am linken Arm hatte.
»Das tut er nicht wieder«, flüsterte Laoorde voller Wut. Sie sah, daß Devor herübergrinste, und streckte ihm ihre Zunge heraus. Wong sah es und kam zu ihr an den Tisch.
»Was habt ihr beiden schon wieder?« fragte sie kopfschüttelnd. »Könnt ihr einander denn nie in Ruhe lassen? Laoorde, hast du überhaupt zugehört, als ich das Spiel erklärt habe? Es kam mir nicht so vor.«
»Ich habe jedes Wort verstanden«, sagte das Mädchen. »Wir spielen Seilziehen.« Innerlich seufzte sie. Die Erzieherin hatte eine Vorliebe für diese uralten, einfachen Spiele. Man brauchte keinen Computer und andere technische Hilfsmittel dazu. Sie waren langweilig. Die Mannschaft, die stärker war, gewann. Das war alles. Heute kam ihr dieses Spiel sehr gelegen. Sie mußte nur ein, zwei Dinge tun, damit es so endete, wie sie sich das vorstellte. »Darf ich heute den roten Strich ziehen?« bat sie.
Wong Tahoe zeigte sich versöhnt. Als Laoorde die Farbe holen ging, sagte sie rasch zu Kreiner: »Wenn ich die Farbe zurücktrage, fängst du einen Streit mit Devor an. Alle müssen hingucken, keiner darf sehen, was ich tue.«
Sie wußte nicht, ob Kreiner sie auch verstanden hatte, als sie den Farbeimer hinstellte. Mit einem dicken Pinsel begann

sie, eine rote Linie über den Boden zu ziehen.
»Das hast du gut gemacht«, lobte Wong.
»Ich stelle den Eimer schnell zurück zu den anderen«, sagte das Mädchen und hatte schon den Bügel in der Hand. Wong lächelte und ließ sie gewähren.
»Also gut«, sagte die Erzieherin zu den anderen, »laßt uns die Mannschaften wählen. Wer will Kapitän sein?«
In diesem Moment warf Kreiner Devor Brack einen Spielstein an den Kopf. Der Junge schrie und sprang sofort auf. Er schnitt eine Grimasse und ballte die Hände. Schon kam er quer durch den Saal angerannt und wollte sich auf Kreiner stürzen. Wong hatte alle Hände voll zu tun, um die beiden Streithähne auseinanderzuhalten.
Die Zeit, bis sie sich alle wieder beruhigt hatten, reichte Laoorde. Ganz schnell öffnete sie die Deckel der anderen Farbeimer in der Ecke halb, ohne daß es auffiel. Sie mußte sich dazu anstrengen, aber sie schaffte es. Als sie zurück an ihrem Platz war, hatte Kreiner ein blaues Auge.
»Wir zahlen es ihm heim«, flüsterte sie ihm zu, und laut rief sie: »Ich möchte heute Kapitän sein. Bitte, bitte!«
»Na schön, wenn sich kein anderer für die erste Gruppe meldet. Die zweite Gruppe ...«
»Ich!« kam es von Devor, genau wie Laoorde es vorhergesehen hatte. »Kann ich der Kapitän sein?«
Auch ihm erfüllte Wong den Wunsch. Dann wurden schnell die Mannschaften gewählt. Wie ebenfalls zu erwarten, rief Devor alle seine Freunde zu sich, wogegen Laoorde überhaupt nichts einzuwenden hatte. Ihr blieben drei, vier kräftige Jungen, der Rest waren Mädchen. Sie waren der anderen Mannschaft hoffnungslos unterlegen, was auch Wong sah. Laoorde hatte schon die Befürchtung, sie würde Umstellungen vornehmen, aber dann beschränkte sie sich

darauf, ihrer Mannschaft drei Mädchen mehr zuzuteilen, die sonst nicht mehr teilgenommen hätten.
Jede Mannschaft nahm ein Ende des langen Seils, und Laoorde achtete darauf, daß sie und ihre Mitkämpfer den Farbeimern genau gegenüberstanden. Jedes Kind griff zu. Laoorde führte die Mannschaft an, wie Devor auf der anderen Seite. Sie wandte sich Kreiner zu, der genau hinter ihr war. »Wenn ich niese, lassen alle das Seil los!« befahl sie. »Nicht fragen, weitersagen.«
Natürlich verstand er sie nicht, aber er tat, was sie ihm gesagt hatte. Sie war der Kapitän. Für die anderen und die Erzieherin mußte es so aussehen, als würde Laoorde ihre Mannschaft anfeuern.Und dann war es soweit.
Das Seil war straff gespannt. Als Wong das Kommando gab, fingen die Kinder an zu ziehen. Nur einige Sekunden lang konnte sich Laoordes Gruppe trotz der Überzahl gegen die stärkeren Jungen halten. Dann wurde sie nach und nach auf den roten Strich zugezogen. Laoorde rief nach hinten, daß sie sich mehr anstrengen sollten. Für sie war nur wichtig, daß die Farbeimer genau hinter Devors Mannschaft standen – und das war *jetzt* der Fall.
Laoorde nieste heftig und hoffte, daß ihre Mitstreiter an ihre Anweisung dachten. Sie ließen gleichzeitig los und verursachten dadurch, daß Devors Mannschaft plötzlich die Kontrolle verlor und mit einem Ruck nach hinten stürzte. Die Eimer mit den gelösten Deckeln kippten prompt um, die Farbe spritzte nach allen Seiten und traf genau auf die Jungen.
Devor Brack und seine Freunde waren von oben bis unten besudelt. Sie tobten vor Zorn, zumal sich die Gruppe um Laoorde vor Lachen bog. Wong Tahoe stand sekundenlang sprachlos da, ehe ihr Donnerwetter einsetzte.

»Sie haben es verdient«, sagte Laoorde dann. »Jeder von ihnen. Und wenn Devor Brack noch einmal Kreiner schlägt oder mich auslacht, dann werden ihm noch viel schlimmere Dinge passieren.« Ihr Blick, der eben noch heiter war, veränderte sich schlagartig. Er war jetzt kalt und drohend. Die Erzieherin wich vor ihr zurück. »Das ist ein Versprechen. Sie sollen uns in Ruhe lassen, dann geschieht ihnen auch nichts.«

Damit verließ Laoorde Delaar den Kindergarten und kam nicht mehr zurück.

Rocchor und Selne waren von der Erzieherin gebeten worden, im Kindergarten vorbeizukommen. Es ging darum, was an diesem Tag vorgefallen war. Beide waren schockiert, beide hatten aber auch geahnt, daß es eines Tages dazu kommen mußte. Nun, im Alter von fünf Jahren, schien ihre Tochter beschlossen zu haben, sich die Hänseleien nicht länger gefallen zu lassen und sich zu wehren.

»Wir werden mit ihr reden«, sagte Rocchor, als sie auf dem Heimweg waren, »aber wir werden ihr keine Vorwürfe machen. Wir müssen versuchen, ihr klarzumachen, daß das, was sie getan hat, falsch war – schon deshalb, weil sie die anderen Kinder da mit hineingezogen hat.«

»Wenn es jetzt schon losgeht«, klagte Selne, »wie soll das dann erst in der Schule werden? In den Kindergarten will sie nicht mehr, wenn sie aber auch der Schule fernbleiben will, isoliert sie sich vollständig von den anderen Kindern. Wir dürfen uns nicht nur nach ihrem Willen richten, Roc.«

»Wir müssen versuchen, sie mit Argumenten zu überzeugen«, wiederholte ihr Mann. » Sie jetzt zu bestrafen wäre sicherlich verkehrt.«

»Ich will sie nicht verlieren, Roc«, flüsterte Selne Delaar.

»Eines Tages gehen sie alle ihren eigenen Weg«, sagte er. »Wir können nur versuchen, es so lange wie möglich hinauszuzögern.«
»Aber sie ist *anders*, sie braucht ganz besonders unseren Schutz!«
Rocchor sah sie fast mitleidig an. »So, wirklich? Ich denke, heute hat sie gezeigt, daß sie schon sehr gut auf sich selbst aufpassen kann. Und seien wir doch einmal ehrlich. Diesen Devor Brack hat sie doch nun wirklich harmlos bestraft.«

6

Laoorde: zehn Jahre

Es war ein warmer Frühjahrstag im Jahr 14 der Neuen Arresum-Zeit, als Laoorde und Kreiner wieder einmal in der Wohnung der Delaars beisammensaßen. Selne war nicht zu Hause, und Rocchor befand sich seit zwei Tagen in der neuen Stadt *Second*. Vor einem Jahr hatten die Siedler auf einem der anderen Kontinente mit dem Bau begonnen. Seine Aufgabe war, dort die Computerinstallationen vorzunehmen und die spätere Vernetzung vorzubereiten.

»Hast du alles verstanden?« fragte Laoorde den Jungen, nachdem sie ihre Hausaufgaben beendet hatten. Sie hatte ihm natürlich wieder alles erklären müssen. »Die Geometrie?«

»Na klar.«

»Das Aylos?«

»Sicher ...«

»Und die Geographie?«

Kreiner machte eine wegwerfende Bewegung. »Wofür brauche ich Erdkunde? Dies hier ist ein Planet in einem anderen Univerum! Müßte es nicht eigentlich *Suzuurkunde* heißen? Aber wahrscheinlich wissen die Erwachsenen noch viel zuwenig von unserer Welt.«

Mittlerweile gab es auf Suzuur mehr Kinder als Erwachsene, und davon gingen über dreihundert bereits in die Schule. In beiden Schulen von Rebirth erhielten die Kinder keine Noten oder Zeugnisse für ihre Leistungen. Gute Leistungen wurden belohnt, schlechte ignoriert. Gewisse Lektionen wurden so lange wiederholt, bis sie saßen. Laoorde war natürlich die

Beste in ihrer Klasse. Sie versteckte ihre besonderen Begabungen und ihre Intelligenz seit jenem Tag im Kindergarten nicht mehr, aber sie ließ die anderen nie ihre Überlegenheit spüren. Sie ging auf jeden zu, gab nicht an, aber half, wo sie konnte. Selbst mit Devor Brack hatte sie Frieden geschlossen.
Kreiners Stärke lag auf dem Gebiet der Physik. Diese faszinierte ihn. Aylos oder Geographie dagegen langweilten ihn. Laoorde hatte eine Idee, wie sie das vielleicht ändern konnte, und nutzte die Gelegenheit, einen eigenen langgehegten Wunsch in die Tat umzusetzen. Die Voraussetzungen waren günstig. Ihr Vater war fort, und Kreiners Desinteresse an Suzuur lieferte ihr ein willkommenes Alibi.
Laoorde pustete sich die Lockenhaare, die inzwischen dunkelblond geworden waren und im Nacken geschnitten, aus dem Gesicht und fragte Kreiner freiheraus:
»Was würdest du davon halten, mit mir einen Ausflug zu machen? Mein Vater hat seinen Gleiter hiergelassen, er ist mit einem Kollegen nach Second geflogen. Ich habe oft genug neben ihm gesessen, um zu wissen, wie man so ein Ding fliegt. Na, hast du Lust? Ich will dir etwas mehr von unserer Welt zeigen. Vielleicht entdeckst du dann, daß sie viel aufregender ist, als du denkst.«
»Das hört sich so an, als seist du schon einmal geflogen.«
»Mit Vater«, wich sie aus. »Was ist nun? Willst du?«
»Wenn du meinst«, sagte er. »Aber ich verlasse mich auf dich.«
»Das kannst du ruhig.«
Sie hinterließ ihrer Mutter eine Nachricht, daß sie in wenigen Stunden zurück sein würden. Dann gingen beide zum Gleiter. Als sie im Pilotensitz und er neben ihr Platz genommen hatte, fragte er: »Bist du schon einmal selbst geflogen? Sag mir die Wahrheit.« »Einmal«, gab sie zu. »Aber nur bis hinter die Weiden und zurück.« »Und wohin fliegen wir heute?«

»Laß dich überraschen. Unser Ziel ist im Bordcomputer gespeichert.«
Sie tippte ein: *New Heaven*. Dann ließ sie den Gleiter in die Höhe steigen und Richtung Süden Fahrt aufnehmen. Bis nach New Heaven waren es 445 Kilometer, eine Strecke, die der Gleiter problemlos zurücklegen konnte. Etwas wie Fieber ergriff sie. Sie hatte lange auf diese Gelegenheit gewartet, den Ort mit eigenen Augen zu sehen. Von den Erwachsenen kannte sie so unterschiedliche Meinungen. Für die meisten, die sie kannte, war es die Hölle gewesen, für die anderen ein Paradies. Es sollte dort schreckliche Tiere geben, richtige Bestien.
Sie wollte sich selbst ein Bild davon machen. Ihre Eltern hätten es ihr nie erlaubt. Manchmal mußte man sie vor vollendete Tatsachen stellen. Laoorde hatte schon ein schlechtes Gewissen, weil sie diesen Ausflug ohne Genehmigung machte. Aber ihre Neugierde ließ sie ihre Bedenken beiseite wischen. Sie war kein kleines Kind mehr, das mußten ihre Eltern langsam begreifen.
Laoorde konnte nach allem, was sie gehört hatte, nicht verstehen, wieso ihre Eltern damals so Hals über Kopf geflüchtet waren. Dies war einer der Gründe dafür, daß sie beschlossen hatte, in die Schule zu gehen. Es gab so vieles, was sie nicht begriff oder was ihr unlogisch erschien. Daß sie nebenbei das eine oder andere noch lernte, war eine willkommene Ergänzung.
Rebirth war am Horizont nicht mehr zu sehen. Sie flogen in geringer Höhe über bewaldete Hügel und Ebenen hinweg, über Savannen und Ödland, große Flüsse und kleine Seen. Es war etwa drei Uhr nachmittags gewesen, als sie aufbrachen. Laoorde sah auf den Anzeigen, daß ihnen bis zum Ziel noch eine Flugdauer von einer knappen Stunde blieb.

»Wann sind wir denn endlich da?« fragte Kreiner ungeduldig. »Wir sind doch bestimmt schon über unerforschtem Gebiet.« Sein Gesicht drückte Erschrecken und Angst aus.

»Laoorde, ich finde das gar nicht mehr lustig. Du bist verrückt geworden. Wenn wir abstürzen, findet uns niemand mehr. Hast du deiner Mutter wenigstens hinterlassen, wohin wir fliegen?« »Natürlich«, sagte sie, obwohl sie es nicht getan hatte. Aber auch das beruhigte ihn nicht.
»Kehr bitte um, Laoorde«, beschwor er sie.
»Du hast doch nicht etwa Angst?«
»Habe ich nicht, aber... aber sie werden uns bestrafen. Es wird ...«
»Jammere nicht, sieh dir lieber die Landschaft an. Du kannst ja nicht wissen, wie schön und groß unsere Welt ist, wenn du nie aus der Stadt herauskommst. Sieh dich doch um – uns kann nichts passieren. Selbst wenn ich wollte, könnte ich nicht mehr umkehren. Das Ziel ist fest programmiert, der Computer macht alles für uns.« Auch das war natürlich gelogen. »Aber es dauert nicht mehr lange, Kreiner. Denke doch mal an das Abenteuer – an *unser* Abenteuer. Oder magst du mich nicht mehr?«
Damit hatte sie ihn. Sie wußte genau, daß er heimlich in sie verliebt war. Natürlich würde er es nie zugeben, aber jetzt war er wenigstens still und kämpfte stumm gegen seine Angst.
Weitere Landschaften zogen unter ihnen durch. Dann, nach einer halben Stunde, stieg das Gelände merklich an. Laoorde ließ den Gleiter höher steigen, genau wie sie es von ihrem Vater abgeschaut hatte. Sie lernte ein neues Gefühl kennen. Es war, als wäre sie zum erstenmal *frei*, als seien schwere Ketten von ihr abgefallen. Kreiner, der neben ihr zusammengekauert hockte und gar nichts mehr sagte, war die einzige

Bindung an die Stadt Rebirth und deren Menschen. Sie glaubte, immer höher und höher zu steigen, bis zur Sonne, frei zu sein, wie ein junger Vogel, der das Fliegen lernte.
Als sie den Blick Kreiners auffing, wußte sie, daß sie beide eigentlich nichts gemein hatten.
Sie konnte ihn ausrechnen, alles, was er tat und tun würde. Sie war ihm in allen Belangen weit überlegen, dennoch kam er immer wieder zu ihr. Vielleicht mochte sie ihn deshalb lieber als alle anderen Kinder. Er mußte ihre Überlegenheit doch spüren, beschwerte sich jedoch nie.
»Wir fliegen zu dem Plateau, auf dem unsere Eltern mit der ARRAXA gelandet sind. Du weißt doch.«
»O nein!« entfuhr es ihm. »Die schrecklichen Bestien! All die furchtbaren Geschichten!«
»Sie sind erfunden, bestimmt«, redete sie auf ihn ein. »Außerdem bin ich bei dir.«
»Ja«, flüsterte er gedehnt.
Er schwieg krampfhaft, bis sie die Berge, an die sich das niedrige Felsplateau schmiegte, vor sich aufragen sahen. Der Gleiter senkte sich ihm entgegen, vom Bordcomputer geführt. Laoorde wartete, bis das Fluggefährt genau über der Mitte des Plateaus stand, dann aktivierte sie das Landeprogramm. Kreiner verfolgte mit großen Augen, wie sicher sie die Kontrollen bediente.
Dann setzte der Gleiter sanft auf.
Laoorde atmete tief die frische, würzige Luft ein und reichte Kreiner die Hand. »Wie haben wir das gemacht, Partner?« fragte sie strahlend. »Und jetzt steigen wir aus und sehen uns New Heaven an. Ich will wissen, wie unsere Eltern nach ihrer Landung gewohnt haben. Hörst du das Wasser, das von den Bergen kommt? Und die Geräusche aus dem Urwald?« Sie reckte einen Arm in die Höhe. »Da! Sieh nur die vielen

Vögel! Hast du so etwas schon gesehen? Nein, natürlich nicht. Die Stadt ist halt schon langweilig.«
»Laoorde«, sagte der Junge. »Es ist gefährlich hier!«
»Ach was!« Sie lief auf die Häuser zu. Die Türen waren allesamt geschlossen. »Komm mit! Wer als erster in einer der Hütten ist, darf sich was wünschen.«
»Warte!« rief er, als sie sich von ihm entfernte. »Na gut, ich mache mit.«
Er spurtete los und überholte sie. Die Türen waren unverriegelt und von Hand leicht zu öffnen. Kreiner war als erster in einer der Unterkünfte und sagte sofort, als Laoorde ihn einholte: »Ich habe gewonnen, deshalb wünsche ich mir, daß wir sofort zurückfliegen, bevor die Bestien kommen. Du hast gesagt, daß der Gewinner einen Wunsch frei hat.«
»Ich hatte eher an einen anderen Wunsch gedacht«, erwiderte sie und trat auf ihn zu. Im Halbdunkel des Hauses waren sie fast wie Schatten. Die Sonne neigte sich schon. »Kreiner, wenn du es willst, dann ... darfst du mich jetzt küssen.«
»W... was?«
Er wich vor ihr zurück, dabei wußte sie genau, wie sehr er davon träumte, *es* einmal zu tun.
»Soll *ich* es tun?« fragte sie. »Wir sind ganz alleine, Kreiner. Niemand kann uns sehen.«
»Nein, ich ...«
Ganz langsam, tief Atem holend, kam er auf sie zu. Er schloß die Augen. Sie merkte, daß er leicht zitterte. Dann endlich spitzte er den Mund, und nun, gegen jede Logik, begann auch sie zu frösteln und zu zittern. Sie spürte, wie auf einmal ihr Herz rasend schlug, und dann berührten sich ganz vorsichtig ihre Lippen.
Kreiner zuckte sofort zurück und riß die Augen auf. Sie hielt sie noch geschlossen. Sie war verwirrt. Ihre Lippen hatten

sich doch nur berührt. Was also gab ihr dieses selige Gefühl? Plötzlich stürzte er auf sie zu und küßte sie wieder und wieder. Es waren Küsse, wie sie sich Kinder gaben, aber Laoorde fühlte, daß aus ihnen in diesen Minuten mehr als nur Sandkastenfreunde wurde. Tränen schossen ihr in die Augen. Sie fühlte sich auf einmal gemein und schlecht, Kreiner so überrumpelt zu haben.

»Komm«, sagte sie und drückte ihn sanft von sich. »Jetzt sehen wir uns noch etwas um und fliegen danach zur Stadt zurück.« Sie zögerte. »Einverstanden, Kreiner? Es tut mir leid, daß ich dich so entführt habe, aber ich bin auch froh. Ich hätte es ganz bestimmt mit keinem anderen getan.«

»Ich auch nicht.« Er tat so, als wäre er die ganze Zeit einverstanden gewesen. Er hustete künstlich, klang mit einemmal wie ausgewechselt. »Klar sehen wir uns um. Ich habe keine Angst mehr vor den Bestien.«

Sie lächelte still in sich hinein. »Wenn wir in einer Stunde starten, kommen wir lange vor Sonnenuntergang wieder zu Hause an«, sagte sie. »Einverstanden?«

»Ja.«

Sie durchstöberten das Haus und noch andere. Nirgendwo fanden sie Hinweise, daß ihre Eltern einmal hiergewesen waren. Die Erwachsenen hatten alles mitgenommen, was sie an Aufzeichnungen angefertigt hatten. Laoorde war enttäuscht. Daraufhin stattete sie der Energieanlage einen Besuch ab, der jedoch auch nichts einbrachte.

»Was ist das für ein Geräusch?« fragte Kreiner plötzlich. Sie hörte es auch. Es war das Geschnatter von Tieren, und es kam schnell näher. Laoorde zog Kreiner mit sich in einen Hauseingang.

»Das sind die Bestien!« stöhnte Kreiner.

Dann ging alles ganz schnell. Eine riesige Horde affenähnlicher, halb menschengroßer Tiere kam aus dem Urwald auf das Plateau gesprengt und rannte auf den Gleiter zu. Bevor Laoorde überhaupt etwas begriff, waren die Affen in das Fahrzeug gesprungen und tobten darin herum. Erst war es ein Spielzeug für sie. Aber dann wurde es blutiger Ernst, als eines der Tiere die Taste zum Notstart eindrückte. Der Gleiter erwachte summend zum Leben und hob senkrecht von dem Plateau ab. Etwa zwei Dutzend Affen stürzten ab, andere sprangen heraus. Laoorde starrte entsetzt auf die drei Tiere, die noch im Gleiter waren und sich angsterfüllt an die Sitze klammerten.

Das Fahrzeug stieg etwa fünfzig Meter hoch, dann drehte es sich in der Luft und jagte in nördlicher Richtung davon. Laoorde und Kreiner sahen, wie es rasch kleiner wurde und dann ganz am Himmel verschwand.

»Jetzt sind wir beide wirklich allein«, hörte sich das Mädchen sagen. »Kreiner, du brauchst keine Angst zu haben. Unsere Eltern werden uns finden. Wir suchen uns ein Haus zum Übernachten aus. Uns wird schon nichts passieren.«

»Ich habe keine Angst«, versuchte Kreiner tapfer zu versichern, aber seine Stimme verriet das Gegenteil.

Die Sonne ging zwischen den Urwaldriesen unter, und wenig später setzte die Dämmerung ein. Es wurde hier im Süden schneller dunkel als in der Stadt. Über ihnen kreischten und sangen die Vögel und schnatterten die affenähnlichen Tiere, die sich wieder beruhigt hatten. Vom Dschungel unten kamen noch viel mehr unbekannte Laute herauf. Es war, als wollten sich die Tiere vom Tag verabschieden.

»Hier haben unsere Eltern gelebt, als wir noch in ihrem Körper waren«, sagte Kreiner.

»Ja«, sagte Laoorde. »Von hier aus hätten sie den Planeten

wirklich erobern können. Statt dessen haben sie es sich leichtgemacht und wieder die Ayindi um Hilfe gerufen. Ich verstehe das nicht.«

»Ich jetzt auch nicht mehr«, gab Kreiner zu. Es ist hier viel schöner ...«

Tatsächlich waren die Luft, das Licht und die Geräusche wie ein Zauber. Laoorde und Kreiner hatten sich fast bis an den Rand des Plateaus vorgewagt. Zu den Häusern waren es fünf Kilometer Rückweg. Und jetzt war es fast ganz dunkel.

»Laß uns gehen«, schlug die Zehnjährige vor.

Sie blickten noch einmal zum Himmel, atmeten tief ein und machten sich auf den Rückweg. Sie hielten einander die Hand. Es war ein großartiges, noch nie gekanntes Gefühl für Laoorde. Hier war sie mit ihrem besten und einzigen wirklichen Freund, ganz allein auf sich gestellt, und alle Unterschiede zwischen ihnen schienen wie weggefegt zu sein.

Das Paradies, dachte sie noch, bevor sie das Geheul und das Bellen hörte. *Sie haben unrecht, wenn sie von der Hölle sprechen. Es ist das Paradies*.

Dann wurde die Illusion so schnell beendet, wie sie entstanden war.

Das Heulgebell, *Huuuur-kazz-kazz-kazz*, schien von allen Seiten gleichzeitig zu kommen. Es ging den Kindern durch Mark und Bein. Laoorde und Kreiner begannen zu rennen.

»Was ist das?« fragte Kreiner. »*Wer* ist das?«

»Das müssen die Huurkazz sein«, stieß Laoorde aus. »Wir haben keine Waffen. Vielleicht tun uns die Tiere nichts, wenn wir ganz vorsichtig sind.«

»Darauf werden sie keine Rücksicht nehmen.« Seine Angst schlug wieder durch. »Vielleicht sollten wir besser ganz

einfach hier stehenbleiben. Vielleicht gehen sie dann von selbst wieder.«
Sie wollen Rache, dachte Laoorde. *Rache für die Niederlage.* Ihr Vater hatte ihr von dem Kampf mit den Bestien erzählt.
»Wir laufen langsam weiter«, sagte sie. »Ich kann noch keinen Huurkazz sehen. Erst wenn sie vor uns auftauchen, bleiben wir stehen.«
Kreiner ließ sich von ihr mitziehen. Das Geheul und Gebell wurde immer lauter, kam immer näher, wurde wütender. Es schien fast, als hätten diese Ungeheuer seit der Flucht der Siedler darauf gewartet, daß wieder Menschen landeten und sie ihre Rache nehmen konnten.
Einer der zwei Monde erschien im Südwesten hinter einer fortziehenden Wolkendecke und tauchte das Plateau in ein schimmerndes, silbriges Licht. Doch noch immer konnte Laoorde keine Huurkazz erkennen. Die Tiere mußten sich von allen Seiten geduckt heranschleichen. Sie saßen in der Falle. Zum erstenmal in ihrem Leben empfand sie Angst. Zum erstenmal konnte sie nicht selbst bestimmen, wohin es ging und was mit ihr geschah. Ihre Hilflosigkeit wurde mit jedem Schritt, den sie auf die Häuser zutaten, unerträglicher.
»Wir schaffen es, Laoorde«, hörte sie von Kreiner. Waren die Rollen plötzlich vertauscht? War er es jetzt, der den Mut aufbrachte, sie sicher in eines der Häuser zu führen?
Es war noch höchstens ein Kilometer bis zum Plateau. Laoorde schwitzte. Sie bekam kaum noch Luft, so schnell lief Kreiner voran. »Komm!« rief er weinerlich. »Ich muß dich doch beschützen!«
Endlich tauchten die Häuser in dem silbrigen Halbdunkel auf. Laoorde dachte erleichtert, daß sie es schaffen würden, als sich plötzlich vor ihnen die Schatten aus dem Mondlicht erhoben und ihnen den Weg versperrten.

Das Mädchen sah sich gehetzt um. Sie waren überall – rechts und links, auch hinter ihnen.
Kreiner war stehengeblieben. Sie hielt seine Hand fest und flüsterte: »Warte. Ich gehe zu ihnen.«
»Bist du verrückt?« fragte er mit bebender Stimme. Er zitterte am ganzen Leib.
»Siehst du den da vorne? Er scheint ihr Anführer zu sein, er führt die anderen. Es sieht so aus, als ob er auf uns warten würde.«
»Ja«, krächzte er. »Um uns als erster anzugreifen. Wären wir nur in der langweiligen Stadt geblieben.«
»Laß mich machen«, sagte Laoorde. »Laß mich nur machen ...«
Plötzlich hatte sie ihr Selbstbewußtsein zurückerlangt. Sie ließ Kreiners Hand los und ging langsam auf das große Tier zu, das drohend im Mondlicht vor ihnen stand und peitschend mit dem Schwanz wedelte. Sie sah in seine gelben Augen und blieb erst stehen, als sie kaum noch zehn Meter voneinander entfernt waren.
Sie hielt seinem Blick stand. Und sie konnte in seinen Augen lesen.
Der Wolfsähnliche heulte auf und stürmte auf sie zu. Mit einem Satz war er hinter ihr. Laoorde wirbelte herum. Er war der Anführer des Rudels. Auf ihn kam es an. Wenn sie ihn bezwingen konnte, würden alle anderen mit ihm abziehen.
Und wenn sie verlor ... Sie zwang sich dazu, nicht daran zu denken.
Wieder sahen sie sich in die Augen. Das Tier knurrte. Laoorde senkte den Blick nicht. Und dann ging sie auf die Bestie zu, ganz langsam und vorsichtig, ohne hastige Bewegungen. Das Mädchen blieb so dicht vor dem Kuurkazz stehen, daß es den Arm nach seinem Schädel ausstrecken konnte.

»Wir wollen nichts von euch«, hörte sie sich langsam und betont sagen. »Wir wollen nur in Frieden leben, verstehst du das? Wir sind nicht eure Feinde und auch nicht eure Opfer – bisher habt ihr immer genug zum Jagen gehabt, wir machen es euch nicht streitig. Wir könnten Freunde sein, Rudelführer.«

Das wolfsähnliche Tier mit den sechs Beinen sah sie an. Sie hielt dem Blick unverändert stand. Als das Knurren erstarb, streckte sie den Arm aus und strich mit der Hand durch seine zottige Mähne.

»Ich werde dich *Freund* nennen«, sagte sie leise. »Verstehst du das? Wir wollen Freunde sein, du und ich, dein und mein Volk. Keine Feindschaft mehr und keine Toten. Diese Welt ist groß genug für uns alle.«

Freund blickte sie an, und sie hatte das Gefühl, daß er sie wirklich verstand. Dann machte er vier, fünf Schritte zurück, legte den Kopf in den Nacken und stieß ein Geheul aus, das aus vielen Dutzend tierischen Kehlen beantwortet wurde.

Danach lief er an den Rand des Plateaus und verschwand in der Dunkelheit, gefolgt von seinen Artgenossen. Sie huschten lautlos davon und wurden von der Finsternis verschluckt. »Puh«, sagte Laoorde und atmete tief aus. »Das hätte auch anders ausgehen können.«

»Was hast du denn mit ihm gemacht?« wollte Kreiner wissen. »Ihr habt dagestanden und euch nur angesehen.«

»Er ist jetzt unser Freund«, erklärte sie ihm. »Frag nicht weiter. Ich glaube, von jetzt an können wieder Menschen ohne Angst hier leben.« Sie lachte ihn an. »Und wir beide gehen jetzt schlafen. Uns wird heute niemand mehr stören. Freund wacht über uns.«

Kreiner war im fahlen Mondlicht anzusehen, daß er nichts

begriff. Aber er konnte gar nicht anders, als Laoorde zu glauben. Sie gingen zu einem der Häuser und suchten sich zwei Betten für die Nacht aus.

Kreiner brauchte Stunden, bis ihn die Müdigkeit überwältigte, Laoorde dagegen fand in dieser Nacht keinen Schlaf. Zum einen plagte sie das schlechte Gewissen den Eltern gegenüber, zum anderen mußte sie immer wieder an die Begegnung mit Freund denken.

Gegen Morgen mußte sie doch eingeschlafen sein, denn sie wachte auf, als sie menschliche Schritte hörte. Aus dem Fenster sah sie Personen von einem geparkten Gleiter näher kommen. Einer der Männer war ihr Vater Rocchor, ein anderer Kreiners Vater.

»... der Gleiter war natürlich darauf programmiert, bei einem Notstart dorthin zurückzukehren, von wo aus er gestartet worden war«, hörte sie Rocchors Stimme wie aus weiter Ferne. »Daß wir erst am anderen Tag kommen konnten, lag daran, daß ich in Second war und Mutter mich nicht gleich erreichte. Wir sind aus Sorge um dich fast gestorben. Was hast du dir eigentlich dabei gedacht? Willst du uns jetzt nicht endlich sagen, was das alles soll, Laoorde?«

Wenn er sie nicht mit »mein Engel« oder »mein Schatz« ansprach, dann war es ernst, das wußte Laoorde. Sie zog die Beine an und legte die Hände um die Knöchel.

»Es tut mir leid«, sagte sie zerknirscht. »Normalerweise wären wir rechtzeitig zurück gewesen, aber dann kamen diese Affen und lösten beim Spielen den Notstart aus. Und dann die Huurkazz und ...«

»Wer, denkst du, wird dir diese Geschichte glauben?« fragte Rocchor. »Du hast sie uns zweimal erzählt. Wer soll dir abnehmen, daß du ein ganzes Rudel dieser Bestien allein durch Blicke und gute Worte in die Flucht geschlagen hast?« Er seufzte tief. »Laoorde, ich habe ihnen auch gegenübergestanden und weiß, wovon ich rede. «

»Ich weiß es auch«, antwortete sie rebellisch. »Ihr müßt mir glauben. Ihr seid meine Eltern.«

Selne kam zu ihr und nahm sie in den Arm.

»Wir glauben dir ja, mein Engel, aber du mußt auch einsehen, daß du durch solche Abenteuer ... na ja, den Frieden hier in Gefahr bringst. Kreiners Eltern und wir sind die besten Freunde, aber was glaubst du, was für ein Gefühl ich hatte, als Dartsda mich gestern abend anrief und fragte, wo Kreiner geblieben sei? Ewig können wir ihnen solche Eskapaden nicht zumuten. Und die Eltern der anderen Kinder deiner Schulklasse beginnen sich offen zu fragen, ob sie ihre Söhne und Töchter noch länger ...« Selne brach ab und legte den Kopf in die Hände. Sie weinte. Sie hatte nicht so weit gehen wollen, aber die Worte waren ausgesprochen. Laoorde wußte sehr gut, worum es ging. Als sie ihren Vater anblickte, senkte dieser den Blick.

Sie erinnerte sich an ihr seltsames Gefühl, oben auf dem Plateau. Jetzt war es wieder da, doch sie versuchte es zu bekämpfen. Ihre Eltern waren ihretwegen unglücklich, und das wollte sie nicht.

»Ich verspreche euch, keine Extratouren mehr zu machen«, sagte sie. »Das mit dem Gleiter tut mir leid, aber alles war so, wie ich es gesagt habe. Wenn ich älter bin, möchte ich zurück auf das Plateau und dort forschen. Bis dahin aber versuche ich so zu sein wie die anderen. Bitte vergebt mir.« Rocchor hob den Kopf und blickte sie an. »Wir haben dir keinen Vorwurf gemacht, mein Engel«, sagte er. »Du wirst immer unser Kind bleiben, was auch geschieht. Wir lieben dich.« Er breitete die Arme aus. »Komm her zu mir.« Und sie sprang ihm auf den Schoß.

7

Laorde: sechzehn Jahre

Als sie ihre Taschen gepackt und vom Bett gehoben hatte, drehte sie sich noch einmal um und betrachtete die Wände ihres Zimmers. Ihr Gefühl sagte ihr, daß dies ein Abschied für immer war. Selbst wenn sie eines Tages nach Rebirth zurückkehren sollte, würde sie nicht mehr hier wohnen. Als sie in den Spiegel sah, erblickte sie eine schlanke, etwas burschikose junge Frau mit schulterlangem blondem Lockenhaar und großen hellblauen Augen. Sie trug eine khakifarbene Kombination, die sie wahrscheinlich für die nächsten Monate, vielleicht auch Jahre, ununterbrochen am Leib haben würde.

Sie seufzte und trat durch die offene Tür. Als sie die Treppe hinunterging, warteten ihre Eltern bereits auf sie. Selne kämpfte tapfer gegen die Tränen, Rocchor hatte sie im Arm.

»Ich bin doch nicht aus der Welt«, sagte Laoorde und stellte ihre Taschen ab. »Es sind noch nicht einmal fünfhundert Kilometer Entfernung – eine gute Flugstunde mit dem Gleiter, und ihr seid in der neuen Forschungsstation auf dem Plateau. Ich besuche euch, sooft ich kann, das verspreche ich. Und ihr seht inzwischen zu, daß ich ein Brüderchen oder eine Schwester bekomme, damit ihr nicht ganz einrostet.« Sie lachte und ging zu den beiden, umarmte und küßte sie. »Machen wir's also kurz. Kreiner und die anderen warten schon mit dem Gleiter draußen, er hat sich ja bereits von euch verabschiedet.

Wir sehen uns schneller wieder, als ihr vielleicht denkt.«
»Aber du bist nicht mehr bei uns«, sagte Selne Delaar. »Es wird nie mehr so sein wie bisher.«
»Laoorde hat recht, Schatz«, sagte Rocchor. »Bis zu ihr wird es ein Katzensprung sein. Das Leben geht weiter, es beginnt nur ein neues Kapitel. Und wenn ich mir's recht überlege, hat sie vielleicht auch mit dem anderen recht – ich meine, mit der Verjüngung unserer Familie.«
Sie mußte lachen. Laoorde nahm ihre Taschen auf. Draußen ertönte das Signal des Gleiters.
»Sie werden ungeduldig, ich muß gehen«, sagte sie. »Ich werde euch vermissen, Mutter und Vater. Ich liebe euch.«
Damit drehte sie sich um. Rocchor öffnete ihr rasch die Tür und gab ihr noch einen Klaps auf den Rücken, wünschte ihr Glück und ermahnte sie, gut auf sich aufzupassen. Dann war sie aus dem Haus. Sie atmete tief durch. Das war geschafft. Sie hatte Angst vor diesem Moment gehabt. Mit großen Schritten marschierte sie los und ließ sich von Kreiner in den bereitstehenden großen Gleiter ziehen.
»War es schlimm?« fragte er.
»Halb so dramatisch«, erwiderte sie und nickte den anderen der Reihe nach zu. Insgesamt befanden sich fünfzehn Kolonisten an Bord, sie und Kreiner waren die einzigen »Kinder«. Dieses Wort stand nicht für ihr Alter, sondern bedeutete, daß sie zu der neuen Generation gehörten, zu den Suzuur-Geborenen.
Die Altersunterschiede schufen keine Barrieren zwischen ihnen. Sie hatten genug Gelegenheit gehabt, sich intensiv kennenzulernen. Als das Projekt beschlossen worden war, hatte Laoorde sich sofort gemeldet. Kreiner war ihr nach kurzer Bedenkzeit gefolgt. Für ihn sprach, daß sich niemand so gut wie er in Geographie, Geologie, in Klima- und

Wetterkunde, überhaupt in allem auskannte, was dazu nötig war, die Abläufe auf einer unbekannten Welt zu verstehen. Seit jenem Tag, als er mit Laoorde auf dem Plateau gewesen war, war eine völlige Veränderung in ihm vorgegangen. Was ihn vorher überhaupt nicht interessiert hatte, faszinierte ihn fortan. Er konnte in der Schule gar nicht genug lernen, also hatte er mit Laoordes Hilfe die Computer der ARRAXA angezapft und sich mit den Leuten unterhalten, die Ausflüge in alle Teile des Planeten unternommen hatten.
Für Laoorde sprach ihre überall bekannte Sonderbegabung. Die Männer und Frauen sagten es ihr nicht direkt, aber sie waren froh, sie bei sich zu haben. Die letzten Zweifler hatte sie vor zwei Monaten überzeugt, als sie mit einer Installationsmannschaft zum Plateau geflogen war, um zuzusehen, wie sie einen Teil der Häuser zu Labors und Forschungsstätten umbauten. Plötzlich waren Huurkazz erschienen, und sie hatte Freund sofort erkannt und wieder mit ihm gesprochen. Von diesem Moment an glaubte ihr jeder die Geschichte mit den Huurkazz. Laoorde Delaar hatte die Begabung, mit den Huurkazz zu sprechen und sie zu besänftigen.
Nach knapp anderthalb Stunden landeten sie auf dem Plateau, das für die nächste Zeit ihr Zuhause sein würde. Vieles hatte sich verändert. Mehrere Häuser waren zu einem großen Komplex zusammengebaut worden, und neue, modernere waren hinzugekommen. Die Energiestation war ebenfalls in Betrieb. Es gab einige kleine Wannengleiter und drei Räderfahrzeuge.
Erina Kantar, die Leiterin der Forschungsstation im Dschungel, kam aus einem der neuen Bauten und begrüßte die Ankömmlinge. Sie war etwa sechzig Jahre alt und 1,80 Meter groß, hatte kurze schwarze Haare und braune, fesselnde Augen. Wie fast alle anderen trug sie die khakifarbene

Montur. »Ich zeige euch gleich eure Quartiere«, kündigte sie an. Ein ebenfalls dunkelhaariger Mann kam hinzu. Er hieß Daniel Sapphir und war der offizielle Expeditionsleiter. Der Magazinverwalter Bulm Heteerah war zusätzlich »Mädchen für alles.« Laoorde mochte ihn gern. Er war unkompliziert und nervte sie nicht mit verstohlen fragenden Blicken.

Mit den Neuankömmlingen betrug die Besatzungsstärke der Station genau dreißig Männer und Frauen. Am Abend aßen sie zusammen in einem der beiden großen Gemeinschaftsräume und unterhielten sich. Dabei erfuhr Laoorde, daß bisher immer noch jede Nacht die Energiezäune um das Plateau eingeschaltet waren, aus der alten Angst vor den Huurkazz. Sie versuchte sie davon zu überzeugen, wie unnötig das sei, biß jedoch unverständlicherweise auf Granit. Nach hartnäckigem Bohren erfuhr sie den wahren Grund: Bent Hulbachs Frau lag unter einem der Steinhaufen im Westen des Plateaus begraben. Sie war eines der Opfer gewesen, als ihr Vater mit seinen Begleitern im Dschungel von den Bestien überfallen worden war.

Bent Hulbach war Techniker und für die Energieversorgung, auch der Fahrzeuge, zuständig. Vor zwei Monaten war er noch nicht dagewesen, hatte also auch ihre Demonstration mit Freund nicht miterlebt.

»Es mag ja sein, daß alle hier glauben, daß du dich mit diesen Viechern verträgst«, sagte er zu dem Thema. »*Ich* habe es noch nicht gesehen, und auf jeden Huurkazz, der sich mir nähert, schieße ich.«

Damit war das Thema für ihn beendet. Die anderen Anwesenden schwiegen, vermutlich aus Respekt vor seinem Schmerz. Laoorde sah ein, daß es keinen Sinn hatte, jetzt weiter darüber zu reden. Es war ein unerwarteter Rückschlag.

Sie hatte wohl noch viel Überzeugungsarbeit zu leisten. In dieser Nacht würden die Zäune wieder aufgebaut werden, und Freund und sein Rudel würden das nicht gerade als ein Zeichen der Freundschaft ansehen.
Heute konnte sie nichts tun. Sie waren ja gerade erst angekommen. Für morgen nahm sie sich jedoch allerhand vor, und als sie zwei Stunden später mit Kreiner im Bett lag (was ihnen niemand verbot, sie waren beide alt genug), starrte sie die Decke an, auf der sich helle Lichtreflexe ablösten. Draußen waren zu allem Überfluß auch noch Scheinwerfer aufgestellt.
»So machen sie alles kaputt«, sagte sie langsam. »Ich muß hinunter zu Freund und seinen Tieren. Ich muß es ihnen erklären.« »Was?« fragte Kreiner und strich ihr liebevoll durch das Haar. »Daß es nicht so bleiben wird wie jetzt; daß sie Geduld mit uns haben müssen. Sie sind klug, Kreiner. Sie sind die wirklichen Herren dieses Planeten – jedenfalls haben wir noch keine andere Spezies gefunden, die an sie heranreicht. Das muß auch Bent begreifen, er ist die Schlüsselfigur auf *unserer* Seite. Wenn wir ihre Herrschaft mit ihnen teilen wollen, müssen wir uns nach ihren Regeln richten.«
»Ja«, sagte Kreiner. »Ich glaube, du hast recht. Aber wenn du zu ihnen gehst, dann lasse mich dich begleiten.«
»Beim nächstenmal«, versprach sie ihm. »Morgen mußt du mir helfen. Du mußt den anderen sagen, daß es mir nicht gutgehe und ich im Bett bleiben müsse – ungestört. Er finde irgend etwas. Sie dürfen nicht merken, daß ich fort bin.«
»Das wird schwer werden – auch für mich«, flüsterte er ihr ins Ohr. »Ich muß mit Freund reden. Mir passiert nichts, keine Angst. Ich schleiche mich vom Plateau, wenn es noch dunkel ist.«
»Na, das wird ein Anfang«, seufzte er. »Die anderen werden sich freuen. Laoorde Delaar ist noch keinen Tag da, und schon gibt es Probleme.«

AD ASTRA

Illustration von **Swen Papenbrock** aus **Kinder des Arresums** von Horst Hoffmann
(Perry Rhodan Band 413)

BSV **Burgschmiet Verlag**, Nürnberg 1998 HTTP://WWW.BURGSCHMIET.COM

Sie drehte sich zu ihm um, lächelte und gab ihm einen langen Kuß.
»Nicht, wenn du gut mitspielst, Partner ...«
Als er schlief, lag sie wieder auf dem Rücken und starrte durch den transparenten Teil des Daches. Die Nacht war klar. Sie sah den Sternenhimmel, und jede Konstellation darauf war für sie wie eine mathematische Gleichung. Sie fragte sich, ob die anderen hyperintelligenten Wesen auf Sainor und vielleicht auf den beiden anderen Menschheitswelten im Arresum dies genauso sahen.

Es mußten etwa einhundert allein auf Sainor sein – das hieß, daß auf 35 Millionen Paare ein »Ausnahmekind« kam. Die Chancen, daß es sie selbst überhaupt hier gab, betrugen demnach unglaubliche 0,0000000142 Prozent!
Was taten die anderen jetzt? Hatten sie Kontakt miteinander? Hatten sie eigene Visionen? Laoorde hätte alles dafür gegeben, eine telepathische Brücke nach Sainor schlagen und Kontakt mit ihnen aufnehmen zu können. Aber das war unmöglich. Sie verfügte nicht über derartige parapsychische Kräfte.
Und ihre Fähigkeit, auf Tiere Einfluß auszuüben? Damals das Kälbchen; danach Freund und außerdem Devor, obwohl er kein »Tier« für sie war.
Sie schlief spät ein. Zu viele Fragen zermarterten ihr Gehirn. Sie verspürte zum erstenmal so etwas wie Angst vor der Zukunft und der Einsamkeit, obwohl Kreiner neben ihr lag, der sie eben noch heftig geliebt hatte.

Am anderen Morgen schlich sie sich aus dem Haus, bevor das erste Dämmerlicht des neuen Tages das Plateau erreichte. Laoorde hatte nur eine Tasche mit Nahrungsmitteln dabei. Sie ging in die Wildnis, das war ihr klar. Sie

hatte Kreiner versprochen, spätestens am Abend zurück zu sein, aber sicher sein konnte sie nicht.
Laoorde wich geschickt den kreisenden Scheinwerfern aus. Als sie den Rand des Plateaus erreicht hatte, sah sie den gewundenen Pfad, der hinunter in die Dschungelebene führte. Sie kauerte sich hinter einen Felsen und wartete, bis die Sonne aufging, denn dann wurde endlich der Energiezaun abgeschaltet. Laoorde war flink. Sie fand ihren Weg bis zu dem kleinen Fluß, an dem schon ihr Vater entlangmarschiert war. Sie hatte keine Angst. Sie fieberte der Begegnung mit Freund entgegen. Dadurch war sie so fixiert auf dieses Wiedersehen, daß sie alle anderen Gefahren vernachlässigte.

Über ihr war das Dach aus Schlingpflanzen, Schmarotzern und Blüten in den Kronen der Bäume. Dort kreischten die Affen dem Tag entgegen, flogen die kleinen Vögel, schwirrten Insekten. Unter ihren Füßen gab das Moos nach, oder sie stieg über glitschige Steine. Niedrigen Rankengewächsen wich sie aus, so gut sie konnte. Sie hielt sich am Ufer des Flusses, bis ihr aufgetürmte Felsen den Weg versperrten. Also wandte sie sich nach links und schlug einen neuen Weg unter den Bäumen ein. Das Moos breitete sich hier wie ein Teppich aus.
Sie beachtete es nicht weiter. Und so sah sie nicht, wie es sich langsam zu verfärben begann. Die grüne Fläche wurde braun und schließlich violett.
Plötzlich blieb sie mit ihren Füßen kleben. Sie konnte sie nicht mehr hochheben und aus dem Moos herausziehen. Erst jetzt sah sie die Veränderung und erschrak. Gleichzeitig bemerkte sie einen beißenden Geruch, der vom Boden aufstieg. Das Moos ließ sich nicht aus dem Boden herausreißen, es war wie

Draht. Sie hütete sich, sich zu bücken und es anzufassen.
Jetzt bemerkte sie außerdem einen Schimmer, der eben noch nicht dagewesen war. Er verstärkte sich, noch während sie hinsah.
»Klebrig«, murmelte sie. »Das Zeug sondert ein Sekret ab. Es hält mich mit tausend kleinen Häkchen fest, während es die Flüssigkeit produziert. Aber wozu?«
Ein paar Meter von ihr entfernt sah sie Knochen und ganze Skelette kleinerer Tiere im Moos liegen. Dort war das Moos noch grün, nur um sie herum hatte es sich verfärbt und verändert. Die Körper der Tiere, die es zweifellos auf die gleiche Art und Weise gefangen hatte wie sie, waren von dem klebrigen, stinkenden Sekret aufgelöst und verdaut worden, bis auf die Knochen fortgeätzt wie in einem Salzsäurebad. Und das gleiche hatte dieser lebende Teppich nun auch ihr zugedacht.
Laoorde spürte, wie ihr Herz heftig schlug. Hitze schoß durch ihren Körper. Die Angst griff nach ihrer Kehle, drohte ihr Denken zu lähmen. Sie versuchte noch zwei-, dreimal, sich loszureißen, und hätte fast ihr Gleichgewicht verloren, was zweifellos ihr Ende bedeutet hätte. Dann würden die Suchtrupps am anderen Tag von ihr ebenfalls nur noch Knochen finden und vielleicht die unverdauliche Kombination aus Plastikgewebe.
Die Zone der Verfärbung um sie herum mochte etwa fünf Meter in jede Richtung reichen. Sie ging davon aus, daß dieses »Moos« ein ganzer Organismus war, der auf physikalische und vielleicht chemische Reize reagierte, eine Mutation oder ein natürlich entstandenes System – das machte für sie keinen Unterschied. Hilfe hatte sie hier keine zu erwarten. Schreien hatte absolut keinen Zweck. Wenn ihr nicht schnell etwas einfiel, war sie verloren. Das klebrige Sekret kroch

bereits an ihren Stiefeln hoch, die ebenfalls unverdaulich zu sein schienen. Sobald es die Beine der Kombination erreichte, würde es durch die Mikromaschen des Gewebes dringen und ... Sie durfte nicht daran denken. Es mußte einfach eine Lösung geben. Sie bereute, sich einfach davongeschlichen zu haben. Das hätte sie überhaupt nicht nötig gehabt. Die anderen hätten ihren Willen zu respektieren gehabt, allein in den Dschungel hinabzusteigen.

Da merkte sie, daß sie noch immer ihre Vorratstasche umgeschnallt hatte, und das gab ihr eine Idee.

In der Tasche waren Nahrungsmittel – Brote, gesalzenes Fleisch, Säfte. Sie nahm sie vom Rücken und öffnete sie mit zitternden Händen. Dann nahm sie die Brote und das Fleisch heraus und holte tief Luft. Das Sekret hatte fast die Oberkanten der Stiefel erreicht. Der Gestank war fürchterlich. Laoorde hoffte, daß sie das Richtige tat, aber welche Wahl hatte sie?

Sie warf die Brote und das Fleisch sechs, sieben Meter weit von sich, in die Richtung, in der die Gerippe lagen. Dann schleuderte sie den Beutel mit dem Saft hinterher und hielt die Luft an.

Wenn jetzt nichts passierte, würde sie einen grausamen Tod sterben. Ihr Herz schlug bis zum Hals. Verzweifelt wartete sie darauf, daß der Teppich den Köder schluckte.

Und dann war es soweit.

Das Sekret hatte die Oberkanten der Stiefel erreicht. Plötzlich kam es zum Stillstand. Das Moos um Laoordes Füße herum wurde braun, die klebrige Flüssigkeit schien zu kristallisieren, genau wie an ihren Stiefeln. Dafür färbte sich nun das Moos an der Stelle, wo sie die Nahrungsmittel hingeworfen hatte, braun und schließlich violett. Es begann feucht zu schimmern. Schon kroch das

Sekret an dem Fleisch hinauf und zersetzte es.
Mit einem Ruck gelang es ihr, den rechten Fuß freizubekommen, dann den linken. Das Moos hatte die hingeworfenen Köder angenommen und von ihr abgelassen. Laoorde setzte den rechten Fuß vor den linken, konnte ihn wieder heben und begann loszurennen. Erst als sie auf dem steinigen Boden am Flußufer angekommen war, wagte sie es, stehenzubleiben und sich umzusehen.
Ihre Nahrungsmittel waren fast vollkommen absorbiert. Die Reste lösten sich gerade auf, als würden sie zerfließen und ins violette Moos einsickern. Laoorde atmete heftig. Ihr Herzschlag beruhigte sich. Sie hatte soeben eine Ahnung davon bekommen, daß es auf dieser Welt viele Gefahren gab. Sobald sie zurück in New Heaven war, mußte sie die Kollegen warnen.
Plötzlich spürte sie, daß sie beobachtet wurde. Die Huurkazz zeigten sich nicht, aber sie waren da. Sie ging langsam weiter, immer darauf bedacht, nicht mit dem Moos in Berührung zu kommen. Sicher war es nicht überall so gefährlich, sonst wären ihm damals ihr Vater und seine Begleiter auch in die Falle gegangen. Aber wie fand sie heraus, wo es tödlich war und wo harmlos?
Sie ging weiter, folgte dem Fluß und umging die Zonen des dichten Unterholzes. Die Huurkazz folgten ihr, unsichtbar, lautlos. Dann sah sie einen Steinhaufen, erklomm ihn und setzte sich auf den obersten Felsbrocken. »Ihr könnt herauskommen, Freund«, rief sie. »Ich warte auf euch.«

Die Tiere kamen von allen Seiten, so als wären sie durch eine geschickte Spiegelung plötzlich sichtbar geworden. Laoorde erkannte Freund sofort an einer dunklen Strähne im Fell.

Außerdem führte er natürlich wieder das Rudel an. Sie blieb sitzen und streckte die Hand nach ihm aus. Die anderen Huurkazz blieben wartend vor dem Steinhaufen stehen, nur Freund kletterte so hoch, daß sie ihn erreichen und ihm durch die Mähne fahren konnte.

»Sie haben euch wieder ausgesperrt«, sagte sie sanft, als sie ihm in die Augen blickte. »Sie haben immer noch Angst vor euch, obwohl sie gesehen haben, daß wir in Frieden miteinander auskommen können.« Sie seufzte. »Wenn ich nur Bent davon überzeugen könnte, daß ihr keine Bestien seid; daß der Tod seiner Frau nur ein Mißverständnis war ...«

So, wie ihr Vater den Überfall der Tiere geschildert hatte, konnte von einem bloßen Mißverständnis zwar keine Rede sein, aber wohl von Angst. Die Huurkazz hatten *aus Angst vor den Eindringlingen* angegriffen. Wenn sie, Laoorde, Erfolg haben wollte, mußte sie ihnen und den Menschen ein für allemal diese Angst nehmen, oder es würde zu einem Desaster kommen. Menschen und Huurkazz würden ewig Feinde bleiben. »Freund«, sagte sie. »Ich weiß, du verstehst mich. Ich wüßte vielleicht eine Möglichkeit, aber es gehört viel Mut dazu – von mir und von dir. Von dir vor allem, weil du auch ein Opfer bringen müßtest. Du müßtest deinen Stolz für einen Moment vergessen. Tust du es nicht, werden die Waffen der Menschen über euch triumphieren.«

Das Tier blickte sie fragend und forschend an. Sie würde viel von ihm verlangen, wahrscheinlich mehr, als es zu geben bereit war. Und sie hätte es verstanden. Aber es ging nur um Bent, nur um *einen* Siedler. Wenn sie es schaffte, zwischen ihnen Frieden zu stiften, hatte sie gewonnen. Dann konnte es endlich das friedliche, gleichberechtigte Miteinander der beiden Arten auf Suzuur geben – das der eigentlichen und das der neuen Herren. Sie verlangte keine

Unterwerfung von den Huurkazz, nur diese eine Geste.
»Überlege es dir, Freund«, sagte sie, nachdem sie versucht hatte, ihm zu erklären, was sie sich vorstellte. »Ich gehe jetzt und warte unterhalb des Plateaus auf dich. Wenn du kommst, kann alles gut werden. Kommst du nicht, dann verstehe ich dich.«
Sie stand auf, stieg den halben Steinhügel hinunter, blieb stehen und legte beide Arme um den zottigen Hals des großen und stolzen Tieres. Sie wußte, ein Biß hätte genügt, um sie zu töten. Dann ging sie.

Sie umging die gefährliche Zone und wartete vor dem Plateau, seit Stunden. Freund ließ sich Zeit. Auf dem Weg hatte sie einen noch größeren Felshügel mit einer Höhle darin entdeckt, in der sie sich umgesehen hatte. Vielleicht würde sie dorthin zurückkehren, wenn sie einmal Ruhe brauchte und allein sein wollte.
Bald würde es dunkel werden. Laordes Sorge war, daß Freund entweder nicht kam oder zu spät – nämlich dann, wenn die Energiezäune eingeschaltet waren. Ob man oben auf dem Plateau ihr Verschwinden entdeckte oder nicht, war ihr ziemlich egal. Sie würden es sowieso erfahren.
Sie lenkte sich mit philosophischen Gedanken ab, die Koexistenz allen Lebens auf Suzuur betreffend, bis sie endlich Freund aus dem Unterholz treten sah. Mindestens zwanzig Artgenossen begleiteten ihn, blieben aber zurück.
»Dann hast du dich also entschlossen?« fragte sie lächelnd. »Ich danke dir, Freund.« Sie stand auf. »Na komm. Laß uns hochgehen und es hinter uns bringen. Wenn es soweit ist, kannst du deine Gefährten rufen.«
Das mächtige Tier heulte leise, fast war es ein Winseln. Laorde hatte Mitleid mit ihm. Er, der Herrscher, war

gekommen, um Frieden zu schließen, um sich zu *demütigen.* Und er tat es für sie. Wie klug mußte diese sogenannte Bestie sein? Sie strich ihm durch die Mähne, und Seite an Seite stiegen sie den Pfad hinauf.

Sie kamen noch rechtzeitig auf dem Plateau an. Laoorde hielt ihre Hand in seiner Mähne. Sein großer Körper drückte sich an ihr rechtes Bein, als sie die fünf Kilometer in Richtung der Station gingen. Noch waren die Energiezäune nicht aktiviert; dann gingen plötzlich die Scheinwerfer an, und es startete einer der Wannengleiter, die neben den Häusern abgestellt waren. Er kam schnell auf sie zu und kreiste zehn Meter über ihnen.

»Ganz ruhig bleiben, Freund«, sagte Laoorde. »Ich bin bei dir, sie können dir nichts tun.«

Der Gleiter verfolgte sie bis zur Station, wo sich inzwischen die Forscher und der bewaffnete Bent Hulbach versammelt hatten. Er richtete seinen Strahler genau auf den Huurkazz.

Laoorde sah Kreiner schräg hinter Bent stehen. Er konnte ihm im entscheidenden Moment die Waffe entreißen.

»Mach keinen Unsinn, Bent«, sagte sie ruhig. »Ich bin nicht mit Freund hier heraufgekommen, um ihn von dir abknallen zu lassen. Er ist mir freiwillig gefolgt, um endgültig Frieden zu schließen.« Sie sah, wie er die Waffe noch etwas hob und in Anschlag brachte. »Bent! Ich werfe mich vor ihn! Ich sehe an deinen Augen, wann du abdrücken willst. Du triffst zuerst mich, dann das Tier.«

Er wurde unsicher. Keiner der anderen Forscher wagte, ein Wort zu sagen. Bent Hulbachs Arme zitterten. Er ließ das Gewehr sinken. Laoorde atmete tief ein.

»Freund ist gekommen, um Frieden zu schließen«, wiederholte sie. »Er hat verstanden, daß seine und unsere Art nur über-

leben können, wenn wir uns gegenseitig dulden. Er ist bereit, sich vor dir zu demütigen, Bent. Es liegt jetzt an dir, uns alle von der Angst zu befreien.«
»Was soll das?« fragte der Witwer. »Du kannst mir keinen Sand in die Augen streuen. Diese Bestie wird mir bei der ersten Gelegenheit die Gurgel zerfetzen. Sie wird ...«
Laoorde sah, daß Erina Kantar einen Handstrahler trug. Sie bat die Stationsleiterin, ihn ihr zuzuwerfen. Erina zögerte. Plötzlich war Kreiner bei ihr, nahm ihr die Waffe aus der Hand und übergab sie Laoorde.
Freund knurrte nur kurz, dann ließ er sich auch von ihm die Mähne zerwühlen.
»Das Tier wird jetzt zu dir kommen, Bent«, kündigte Laoorde an. »Es wird seinen ganzen Stolz als Herrscher dieser Welt vergessen und dir zeigen, daß ihm das Geschehene leid tut. Wenn du auf ihn schießt, töte ich dich.«
Mehr hatte sie nicht mehr zu sagen.
Der Wolfsähnliche setzte sich nach einem letzten, durchdringenden Blick in Bewegung. Er ging langsam, aber dennoch majestätisch auf Bent zu. Dann sank er auf den Boden und streckte die Läufe nach den Seiten aus. Laoorde hielt den Atem an, griff nach Kreiners Hand. »Würdest du wirklich schießen?« fragte Kreiner flüsternd.
»Natürlich nicht«, flüsterte sie zurück.
Bent Hulbachs Hände bebten. Er floh nicht vor dem Huurkazz. Er blieb stehen, und dann hob Freund den Kopf. Beide sahen sich lange an.
»Es war ein Mißverständnis!« rief Laoorde. »Führe Freund zum Grab deiner Frau. Er wird mit dir gehen!«
»Das geht jetzt aber zu weit«, kam es von Kreiner.
In diesem Moment brach Bent Hulbach zusammen. Er sank in die Knie und begann zu weinen wie ein Kind. Er streckte die

Arme aus, fand irgendwann das Gesicht und den Hals des Tieres.
In dieser Nacht wurden keine Zäune mehr eingeschaltet. Freund rief seine Artgenossen auf das Plateau, und Menschen und »Bestien« beschnupperten sich.
Es war Laoordes Triumph. Aber sie wußte, daß er sie nicht auf Dauer befriedigen würde. In ihr glomm ein Feuer, und nichts auf diesem Planeten würde in der Lage sein, es zu löschen.

8

Die Flucht

Ein Jahr verging. Laoorde wirkte am weiteren Aufbau der Station mit und nahm an allen Expeditionen teil. Oft verließ sie allein das Plateau und zog sich in ihre Höhle zurück. Mittlerweile wurde es von den anderen Männern und Frauen akzeptiert. Sie wußten, daß sie ihre Freiräume brauchte und auf sich aufpassen konnte.

Ein- oder zweimal im Monat besuchte sie ihre Eltern und erkundigte sich nach dem Fortgang der Arbeiten in und um die Städte. So erfuhr sie, daß erste Bodenschätze gefunden worden waren und die ersten eigenen Industrieanlagen der Menschen ihre Arbeit aufgenommen hatten.

Es gab natürlich auch neue Nachrichten von Sainor. Drei weitere Kolonistenraumschiffe waren zu neuen Planeten aufgebrochen, und die ersten zehn Expeditionen in den ehemaligen Machtbereich der Abruse waren auf den Weg gebracht worden, um auf Kristallplaneten Lebenskeime auszusetzen. Auf Sainor selbst gedieh die Zivilisation prächtig. Die Städte wuchsen, die Siedler züchteten immer größere und bessere Getreidesorten und Knollenpflanzen, ja selbst Gemüse. Die Ayindi brauchten keine Hilfestellung mehr zu geben. Auch von den beiden Welten der Nocturnen und Konzepte war nur Positives zu hören. Laoorde interessierte sich aber vor allem für die Hyperintelligenten: auf Sainor, auf Nachtschatten II und natürlich dem Planeten in der ehemaligen Enklave der Barrayd. Sie hatte gehört, daß auch dort ähnlich intelligente Wesen leben sollten.

Sie wußte, daß es 120 Hyperintelligente auf Sainor gab; seit Monaten waren demnach keine Neugeborenen mit überdurchschnittlicher Intelligenz hinzugekommen. Selbst bei Kindern hyperintelligenter Paare konnten keine hervorstechenden Begabungen festgestellt werden.
Leider konnte sie mit niemandem über all dies reden. Sie hätte zu gerne mehr Informationen gehabt: Wieso hatten sie diese Fähigkeiten? Welche Aufgaben warteten auf sie und ihresgleichen? Sie konnte sich doch nicht ihr ganzes Leben lang verstecken und ihre Begabung unterdrücken.
Sie sagte auch Kreiner nicht alles. Es tat ihr weh und trieb sie noch mehr in die Isolation, aber sie konnte ihm nicht von ihrer Unruhe, ihren Selbstzweifeln und der immer größer werdenden Sehnsucht nach den anderen berichten.
War sie hier auf Suzuur überhaupt am richtigen Platz? War es kein Zufall, daß sie hier geboren worden war?
Die Krise kam nicht erst jetzt. Die ersten Anzeichen traten schon vor über einem Jahr auf, und nun brach es mit aller Gewalt über sie herein. Sie fühlte sich wie eine Gefangene, wie ein Fisch auf dem Trockenen. In ihr schlummerte ein gewaltiges Potential und blieb ungenützt. Auf dem Plateau konnte sie nicht mehr viel bewirken. Sie hatte Frieden gestiftet zwischen Menschen und Huurkazz, dabei peinlich darauf geachtet, daß dieser Friede eingehalten und den Huurkazz ihr Lebensraum nicht streitig gemacht wurde. Jetzt glaubte sie, für stabile Verhältnisse gesorgt zu haben. Oft besuchte sie Freund und sein Rudel und streifte lange mit ihnen durch die Wälder. Die Tiere hatten ihr viele Gefahren gezeigt, vor denen sie die Forscher anschließend hatte warnen können.
Die anfänglich faszinierenden Expeditionen konnten sie auch nicht mehr fesseln. Die Arbeiten in den Labors und in dem kleinen Rechenzentrum der Station forderten sie nicht

heraus. Ihre herausragenden Kenntnisse in fünfdimensionaler Mathematik und Physik zum Beispiel wurden hier nicht gebraucht.

Irgendwann wußte sie, sie mußte nach Sainor.
Sie lag neben Kreiner und eröffnete ihm ihre Pläne. Er schwieg lange, und sie glaubte schon, in ihm etwas zerstört zu haben, als er leise seufzte und sagte:
»Dann komme ich mit dir. Noch einmal kannst du mich nicht abweisen.«
»Doch«, sagte sie. »Ich muß. Was willst du tun, wenn ich zu den anderen Hyperintelligenten gehe und vielleicht einen Block mit ihnen bilde? Daneben stehen und zusehen? Ich glaube nicht, daß sie dich akzeptieren würden. Ich will ja nicht für ewig wegbleiben, Kreiner. Irgendwann kehre ich nach Suzuur zurück: und zwar dann, wenn ich weiß, wer ich bin und wozu ich meine Fähigkeiten habe. Ich weiß nicht, was vor mir liegt. Vielleicht wird es schwer, und dann wäre es mir ein großer Halt, zu wissen, daß du hier auf mich wartest.«
Er versuchte, sie umzustimmen, aber sie gab nicht nach. Nachdem sie sich nun dazu durchgerungen hatte, konnte ihr jetzt alles nicht schnell genug gehen.
»Wann willst du uns verlassen?« fragte er traurig. »Und wie?« »In zwei, drei Wochen vielleicht«, log sie, »mit dem Beiboot der ARRAXA. Jard Morrona war oft genug mit mir an Bord des Schiffes. Seine Computer werden mich anerkennen.«
In Wahrheit hatte sie vor, schon in spätestens drei Tagen aufzubrechen. Dann hatte sie sich von allen verabschiedet, die ihr etwas bedeuteten – sie sollten nicht merken, daß es ein Abschied für immer war.

»Ich vertraue dir, Kreiner«, flüsterte sie. »Du darfst nicht enttäuscht sein. Wenn ich fort bin, dann achte darauf, daß sie den Huurkazz nicht ihr Land wegnehmen. Meinen Eltern wirst du nichts erklären müssen. Ich werde das Beiboot so programmieren, daß es von Sainor aus hierher zurückfliegt. Dann werdet ihr wissen, wo ich bin. Sie sollen mir nicht folgen und mich auch nicht suchen.«

»Aber was soll ich ohne dich anfangen?« stammelte er. »Ich liebe dich doch, und ich ...«
Sie legte ihm einen Finger auf den Mund.
»Pssst«, sagte sie. »Ich sagte, ich komme zurück. Vielleicht kann ich dir auch dann und wann eine Botschaft schicken. Warte auf mich, ja?«
Er nickte tapfer, und sie kam sich schlecht und billig vor, weil sie ihn mit einem Versprechen beruhigte, von dem sie nicht wußte, ob sie es jemals würde einhalten können.
Ich liebe dich auch, Kreiner, dachte sie, als sie sich zum Schlafen von ihm wegdrehte. *Aber so haben wir keine Zukunft. Ich muß erst wissen, wer ich bin.*
Am anderen Tag war sie wieder stundenlang unten im Dschungel und sagte Freund und seinem Rudel Lebewohl. Am Abend redete sie außergewöhnlich viel und lange mit den Kollegen von der Station, vor allem mit Bulm Heteerah. Tags darauf war sie dann mit dem großen Gleiter verschwunden, angeblich um ihren Routinebesuch in der Stadt zu machen.
Nur Kreiner wußte es besser – und schwieg.

Laoorde hatte den Vormittag in der Stadt verbracht, um Bekannte zu besuchen, den Rest des Tages verbrachte sie dann bei ihren Eltern. Es war fast wie früher, als sie noch zu Hause wohnte.

Nach diesem harmonischen Abend schlief sie tief und fest – am anderen Morgen fanden ihre Eltern ihr Bett leer. Nur einen handgeschriebenen Abschiedsgruß hatte sie ihnen zurückgelassen, ohne Aufenthaltsangabe.
Als Rocchor und Selne die Notiz fanden, war Laoorde bereits an Bord der ARRAXA. Daß das Schiff energetisch versiegelt gewesen war, hatte ihr keinerlei Probleme bereitet. Nicht umsonst hatte sie in der Stadt Grent Ghana besucht, der wie Jard Morrona und ein paar andere Suzuurer im Besitz eines Impulsgebers gewesen war. Ihm hatte sie sich anvertraut. Die Entscheidung fiel Grent nicht schwer. Er gab ihr den Impulsgeber, denn er war alt und dem Tode nahe und er verstand sie.
Der Impulsgeber ermöglichte ihr, mit dem Bordgehirn der ARRAXA und allen Subsystemen zu kommunizieren, und autorisierte sie, Anweisungen zu geben. Ohne große Schwierigkeiten gelangte sie in den Hangar. Dort löste sie das Siegel des Beiboots und stieg ein. Es bot Platz für ungefähr fünfzig Menschen. Um es zu steuern, genügte im Extremfall nur ein Pilot, im Normalfall bestand die Besatzung allerdings aus drei Leuten. Laoorde konnte gut auf sie verzichten. Sie hatte sich mit der Steuerung sowohl des großen als auch des kleinen Schiffes ausreichend beschäftigt, um notfalls beide alleine fliegen zu können. Bei Problemen konnte sie sich jederzeit mit dem Lernprogramm helfen.
Sie brauchte ihr eigenes, vorbereitetes Programm nur einzugeben, und schon öffneten sich die Hangarschotte. Das Boot hob sanft ab und verließ die ARRAXA. Es stieg langsam, schnell steiler werdend an, durchflog die Atmosphäre und erreichte den freien Weltraum. Die Beschleunigung ... alles lief vollautomatisch ab. Laoorde brauchte nichts weiter zu

tun, als sämtliche Vorgänge zu überwachen und zu prüfen, ob ihr Programm mit den Zielkoordinaten befolgt wurde. Dann glitt das kleine Schiff in den Hyperraum und wurde zu einem vielfach überlichtschnellen Impuls.
Verzeiht mir, dachte Laoorde. *Kreiner, Vater, Mutter ... Ich will euch ja nicht im Stich lassen. Ich will nur Gewißheit.*

Wie erwartet verlief der Flug zunächst reibungslos. Laoorde hatte nur ein Orientierungsmanöver vorgesehen. Der rote Stern war in den Ayindi-Katalogen etwa auf halbem Weg zwischen Suzuur und Sainor vermerkt. Es sollte der einzige Austritt aus dem Hyperraum sein, und auf eine nicht vorhersehbare Art und Weise blieb er es auch.

Das Beiboot fiel in den Normalraum zurück. Die rote Sonne war kurz auf den Bildschirmen zu sehen. Laoorde wollte sich gerade die Vergleichswerte der Soll- und Ist-Flugdaten vom Bordgehirn geben lassen, als die Alarmsirenen schrillten.
Im nächsten Moment schien die Welt um sie herum unterzugehen. Sie schrie auf. Auf den dreidimensionalen Rundum-Bildschirmen konnte sie erkennen, wie ein Riß im Universum mit blutroten Rändern entstand, aus dem es pechschwarz waberte. Dieser Riß verbreiterte sich wie ein verästelter Blitz, sämtliche Instrumente des Beiboots spielten verrückt. Es gab keine eingeblendeten Daten mehr, sondern nur noch Konfusion und Ausfälle. Laoorde schrie in ihrer aufkommenden Panik Befehle, doch der Bordcomputer reagierte nicht. Das Lernprogramm ließ sich ebenfalls nicht aktivieren. Ihre Gedanken überschlugen sich. *Was ist das?* Der Schiffskörper ächzte und knatterte durch die kleineren Explosionen an Bord. Voller Verzweiflung befahl sie: »Alle Systeme aus!«

Die Bordsyntronik schien doch noch intakt, denn sie befolgte den Befehl. Das Boot war den entfesselten kosmischen Gewalten ausgeliefert, es konnte sich diesen nicht entgegenstemmen. Laoorde hatte begriffen, daß sie in einen Hypersturm geraten war, hervorgerufen durch eine plötzliche Anomalie des Raum-Zeit-Kontinuums. Der Hyperraum hatte sich durch einen unglaublichen Zufall gerade hier und jetzt vor ihr geöffnet, und der Riß wirkte wie ein Sog. Eine Zeitlang steuerte das Boot auf den schwarzen Riß zu, wurde dann von den Hyperturbulenzen an seinem Rand immer wieder zurückgewirbelt. Wie ein welkes Blatt im Wind kreiste das Boot durch den Normalraum. Laoorde konnte nichts tun. Ihre Umgebung zitterte, und zeitweise verschwamm alles vor ihren Augen. Der Computer war nicht in der Lage, gegenzusteuern. Sie konnte nur hoffen, daß sich der Riß wieder verschloß, ehe er sie in sich hineinsaugen konnte, in sein gieriges schwarzes Loch.

Es geschah im letzten Augenblick. Der Riß schloß sich von einem Moment auf den anderen. Hyperstürme rasten noch durch das All und verloren sich in den dunklen Weiten. Dann, endlich, ließen die Turbulenzen nach. Laoorde atmete erst einmal tief durch. Die Bordsyntronik stellte den normalen Betriebszustand des Beiboots wieder her und gab ihr sofort die Schadensmeldung bekannt.

Das Ergebnis war niederschmetternd.

Das Boot war noch in der Lage, mit Impulskraft zu fliegen, aber nicht mehr überlichtschnell. Das bedeutete für die junge Suzuurerin, daß sie mit Glück einen der Planeten der roten Sonne erreichen konnte. Wie in den Sternkarten verzeichnet, besaß der fünfte der insgesamt elf Begleiter eine Sauerstoffatmosphäre bei einer Schwerkraft von 1,242 Gravos und

mittleren Temperaturen um 7,4 Grad Celsius. Nicht unbedingt eine Welt zum Verlieben also.
»Was ist mit dem Hyperfunk?« rief Laoorde in die Zentrale. »Und dem automatischen Notruf? Ist er abgestrahlt worden?«
»Beide Systeme funktionieren nicht mehr«, lautete die Antwort. »Aber sie können wahrscheinlich noch repariert werden, im Gegensatz zum Überlichttriebwerk, das irreparabel zerstört worden ist. Es muß komplett ausgetauscht werden. Die Mittel und Anleitungen für die Reparatur stehen jedenfalls zur Verfügung.«
»Wie lange wird das dauern?«
»Das Reparaturprogramm wird ohne zusätzliche Hilfe mindestens fünf Tage dazu brauchen. Die meisten Teile müssen erst von seinen Robotsystemen neu angefertigt werden, bevor sie ausgetauscht und in den 5-D-Verbund eingefügt werden können.«
»Bei ES!« entfuhr es Laoorde. Dann fragte sie: »Ist eine Landung auf dem fünften Planeten möglich?«
»Ohne Komplikationen. Der Planet heißt Moyod. Er ist unbesiedelt.«
»Das ersehe ich auch aus den Karten«, antwortete Laoorde. »Also in Ordnung, wir landen auf Moyod, in der am besten für mich geeigneten Klimazone.«
»Ich habe verstanden«, bestätigte das Computergehirn.
Damit nahm das Beiboot Kurs in das System der roten Sonne hinein. Es flog an den äußeren Planeten vorbei, allesamt Eis- oder Gaswelten, und steuerte schließlich in einen Landeorbit um Welt Nummer fünf: Moyod. Laoorde brauchte nichts dazu zu tun. Etliche Stunden nach der Katastrophe landete das Beiboot der ARRAXA in der Nähe des planetaren Äquators.
Auf den Bildschirmen sah sie eine karge Landschaft, Baumsteppen und kahle Hügel. Es gab einen schmalen Fluß,

der sich in einem Steinbett durch das Gelände schlängelte, sonst nichts. Keine Spur von tierischem Leben, das größer war als die kleinen Vögel am Himmel, die rattenähnlichen Nager am Flußrand, die Fische und die Würmer, die vielleicht im Wasser und im Boden lebten.

»Na wundervoll«, sagte Laoorde sarkastisch. »Und ich habe keinen Proviant mehr an Bord außer der Notration. Die Konzentratwürfel reichen höchstens für zwei Tage. Mit solch einem Zwischenfall habe ich nicht gerechnet.«

Ihr war klar, daß sie auf dieser Welt nicht lange überleben würde, wenn es ihr nicht gelang, die Hyperkomanlage wieder in Betrieb zu setzen. Bis dahin aber mußte sie sich ernähren. Das war der Grund, warum sie sich überhaupt zur Landung entschlossen hatte, statt einfach im Weltraum zu warten. Ihre Erfahrung aus dem Dschungel von Suzuur kam ihr hier vielleicht zugute.

Zuerst einmal mußte sie aussteigen. Das Reparaturprogramm war bereits angelaufen. Sie konnte nichts tun außer hoffen. Die Einschränkung des Bordcomputers hatte sie nicht überhört. Es war nicht sicher, daß die Hyperfunkanlage je wieder senden würde.

9

Moyod

Die Atmosphäre war gut atembar, doch die hohe Schwerkraft machte ihr zu schaffen, sie wog mehr als das 1,2fache. Zum Schutz vor der Kälte hatte sie sich einen der routinemäßig mitgeführten leichten Raumanzüge angelegt. Sie waren noch auf Sainor für die Kolonisten angefertigt worden – vor achtzehn Jahren. Dementsprechend primitiv war die Ausstattung; sie besaßen keine Andruckneutralisatoren, waren jedoch gut klimatisiert, so daß der Träger nicht in der eigenen Körperwärme schmorte.

Laoorde saß im Pilotensitz des kleinen Zwei-Mann-Gleiters, der zur Ausrüstung des Beiboots gehörte, und flog in einer weiten Spirale um den Landeplatz des Beiboots herum. Ihr kam es darauf an, sich von der Umgebung einen ersten Überblick zu verschaffen. Während des Landevorgangs hatte sie Gebirge und Sandwüsten gesehen, aber auch große grüne Flecken und viele Seen. Die grünen Flächen, wenn es Wälder waren, interessierten sie natürlich am meisten. Sie hoffte, dort Früchte zu finden. Eine weitere Erkundung des Planeten lag nicht in ihrem Sinn. Sie wollte hier nicht verhungern, darauf kam es an.

Am Nachmittag entdeckte sie einen Wald, der sich fast ringförmig um einen See erstreckte. Bei den niedrigen Temperaturen konnte sie kein üppiges Pflanzenwachstum erwarten. Sie beschloß dennoch zu landen und setzte den Gleiter knapp außerhalb der Baumzone auf.

Natürlich ließ sich der Wald nicht mit dem vor Leben strotzenden Dschungel Suzuurs vergleichen. Die Bäume waren gerade gewachsen und hatten knorrige, dunkle Äste mit kleinen Blättern oder kurzen Nadeln daran. Der Boden war relativ unbewachsen. Hier und da gab es trotz der Kälte Pilzkolonien. Laoorde ging weiter und stieß nach einer Weile auf Bäume mit großen Nüssen, die zum Teil schon abgefallen waren und mit aufgeplatzter Schale auf dem Boden lagen. Sie bückte sich danach. Sie waren rund, mit einem Durchmesser von drei bis vier Zentimetern. Die Hyperintelligente steckte einige davon in einen Beutel, den sie an einer Schnalle ihres Anzugs befestigt hatte, dann setzte den Weg fort. Wenn sie noch zwei Kilometer in dieser Richtung zurücklegte, mußte sie an den See gelangen. Die Gefahr, daß sie sich verlief, bestand nicht. Sie ging stur nach Norden und hatte sich außerdem einige markante Punkte gemerkt. Laoorde besaß einen ausgezeichneten Orientierungssinn.
Zwischen den vielen Nußbäumen sah sie eine Schar Tiere mit großen Ohren, einem blitzenden, scharfen Nagezahn und einem buschigen Schwanz. Die etwa 40 Zentimeter großen Tiere hockten am Boden und knackten die Nüsse. Als sie sie bemerkten, flohen sie nicht. Sie kümmerten sich überhaupt nicht um sie. Laoorde hätte ohne Probleme eines von ihnen fangen können. Ohne Not dachte sie nicht daran, aber sollten sich etwa die Nüsse als ungenießbar erweisen und sie auch keine andere Nahrung finden, würde sie vielleicht auf die Nager zurückgreifen müssen, um zu überleben.
Auf dem Weg zum See entdeckte sie noch drei weitere Baumarten, allesamt Nadelbäume mit dicken Zapfen. Viele Büsche am Seerand trugen ebenfalls nußartige Früchte. Auf diesem Teil Moyods war Herbst. Sie steckte auch einige von

diesen reifen Früchten in ihren Beutel. Später, im Beiboot, mußte sie erst einmal alles untersuchen. Laoorde hielt sich ungefähr eine Stunde am Ufer des glitzernden, ruhigen Sees auf, in dem sich die sinkende Sonne blutrot spiegelte. Der Himmel war von feinen Wolkenschleiern überzogen, die dem orangefarbenen Hintergrund violette Farbmuster verliehen.
»Es ist wunderschön hier«, murmelte sie. »Wenn doch nur Kreiner bei mir wäre.«
Gedankenverloren setzte sie sich auf einen Stein und beobachtete eine Weile das Treiben im und auf dem klaren Wasser. Kleine Fische wimmelten nur so am Ufer, und einige Dutzend Meter entfernt steckten kleine Wasservögel tauchend ihre Köpfe ins Naß. Diese Welt war nicht so unwirtlich, wie es anfangs den Anschein gehabt hatte. Sie war eine herbe Schönheit unter ihresgleichen, kalt und dürr, aber unbelassen. Als sich Laoorde auf den Rückweg machte, war es früher Abend. Die Sonne sank bereits dem Horizont entgegen, als sie bei ihrem Gleiter ankam. Ein kurzer Blick bestätigte ihr, daß alles in Ordnung war. Danach stieg sie ein und hob mit dem Fahrzeug ab.
Irgendwie war ihr noch nicht danach, zum Beiboot zurückzukehren. Sie war in einer fast melancholischen Stimmung. Der Flug im offenen Gleiter gab ihr ein Gefühl der grenzenlosen Freiheit. Ein Hochgefühl überkam sie, und sie flog noch weiter nach Norden, über den Wald und den See hinweg, auf das Gebirge zu, das am Horizont im blutroten Schein aufragte. Als sie bei den ersten Ausläufern ankam, erkannte sie hinter den vorgelagerten Hügeln viele dunkle Risse im ansteigenden Felsmassiv – Schluchten, die sich in den Berg hineinzogen. Sie schaltete die Scheinwerfer an, folgte dem Lichtstrahl durch die Schluchten. Viele dunkle, große Löcher im Gebirge ließen Eingänge zu Stollen oder riesigen Höhlen ahnen.

Sie merkte, wie sie schwitzte und ihr Herz schneller schlug. Es war gerade so, als würde sie von irgend etwas magisch angezogen. Etwas, das in diesem Gebirge hauste oder sich in ihm manifestiert hatte.
Sie tat es schon als Hirngespinst ab, als sie plötzlich glaubte, einen matten, grünlichen Schein in einer der Schluchten zu sehen. Als sie den Gleiter darauf zusteuerte, erlosch er.

»Einbildung«, sagte sie mit trockenem Lachen. »Es wird Zeit, daß ich zurück zum Boot fliege.«
Laoorde wendete und steuerte das Fahrzeug nach Süden. Doch als sie sich einige Kilometer entfernt hatte, drehte sie noch einmal und sah den grünlichen Schein wieder. Diesmal war er intensiver. Da war er wieder, dieser sanfte Drang, zurück zu der betreffenden Schlucht zu fliegen. Dennoch entschied sie, endgültig Kurs auf das Beiboot zu nehmen.
Aber sie merkte sich die Schlucht genau. Vielleicht konnte sie morgen, bei Tageslicht, noch einmal hinfliegen und sich umsehen. Ja, sie nahm es sich fest vor.

Sie saß in der Zentrale, in ihrem Schalensitz, und aß genüßlich von den gesammelten Nüssen. Der Befund aus dem Minilabor besagte, daß sämtliche Inhaltsstoffe des Pflanzenprodukts für menschliche Wesen harmlos und sogar nahrhaft waren. Damit hatte sie ein Problem weniger. Sie konnte sich jederzeit kiloweise mit den leckeren Nüssen versorgen.
Nach Auskunft des Computers standen die Chancen, daß die Hyperfunkanlage wieder in Betrieb genommen werden konnte, nicht schlecht. Laoorde hörte es gern. Lieber noch wäre es ihr gewesen, sie hätte bei der Reparatur mithelfen können, doch das Hauptproblem lag offenbar nach wie vor

bei der Herstellung und Einfügung von Schaltelementen durch die Robotik des Reparaturprogramms.
So war sie wieder dazu verurteilt, abzuwarten und nichts tun zu können. Wie so oft kam sie dabei wieder ins Grübeln. In ihrem Kopf entstand ein Muster aus all den Vorgängen der letzten Tagen und Wochen.
Das Leuchten ...
Was war es gewesen? Es drängte sich in ihre Gedanken an Suzuur. Wieso war sie plötzlich so erregt gewesen? Hatte sie, hatte ihr Gehirn etwas gespürt oder geortet, was ihre normalen Sinne nicht zu erfassen in der Lage gewesen waren? Wie groß war die Kapazität, die ungenutzt in ihr schlummerte? Was vermochte sie? Mußte sie Angst davor haben?
Mehr denn je sehnte sie den Kontakt mit anderen Hyperintelligenten herbei.
Irgendwann schlief sie mitten in der Zentrale ein. Als sie erwachte, war ein neuer Tag über Moyod hereingebrochen. Sie verschwendete keine Zeit, erkundigte sich noch schnell bei der Bordsyntronik nach dem Fortgang der Reparaturarbeiten und verließ kurz darauf das Beiboot mit dem Gleiter mit Kurs nach Norden.
Diesmal landete sie erst in der Gebirgsschlucht, aus der am Abend zuvor das grünliche Leuchten gekommen war. Sie war breit genug für zehn Gleiter gleichen Typs. Laoorde stieg aus und versiegelte das Fahrzeug.
Sie lauschte in sich hinein, aber da war nichts. Ihr Herzschlag ging ganz normal. Ihre einzige Aufregung war die der Neugier. Aber etwas war gestern abend hier *gewesen*, und sie war entschlossen herauszufinden, *was* es war.
So ging sie die Schlucht entlang, die sich wahrscheinlich über Dutzende von Kilometern hinzog. Suchend sah sie sich nach links und rechts um. Die Schlucht war etwa fünfzig

Meter tief. An den Spuren im Gestein erkannte sie, daß hier früher einmal ein Fluß sein Bett hineingerissen haben mußte. Jetzt war alles trocken. Nichts wuchs hier unten noch.
Die Sonne blinkte bereits über die Zacken der Schlucht. Bald würde sie über ihr stehen. Laoorde war etwa fünf Kilometer marschiert, als sie den leichten Druck auf ihrem Bewußtsein spürte.
Sie blieb stehen und lauschte angestrengt.
Es war wie ein Tasten, ganz vorsichtig. Sie stemmte sich nicht dagegen. Dann wurde daraus ein Wispern, und schließlich sah sie fremdartige Muster vor ihrem geistigen Auge, die sich zu Bildern verdichteten, wie sie sie sehen konnte – die Bilder ihrer Umgebung.

Es war, als ob ein Film vor ihr abliefe, aufgenommen von einer imaginären Kamera, die vor ihr tief in die Schlucht hineinschwebte und ihr den Weg wies. Sie begriff, daß sie diesem Pfad folgen sollte, und tat es. Nicht einen Moment lang hatte Laoorde Angst. Das, was da sanft in ihr Bewußtsein drang, wirkte freundlich, vertraueneinflößend.
Irgendwann sah sie vor sich eine der großen Öffnungen im Fels, und etwas sagte ihr, daß sie durch diese Pforte zu gehen hatte. Die Spannung wuchs in ihr, und sie fühlte ihr Herz schlagen. Sie spürte: Sie wurde erwartet, von etwas Unbegreiflichem, vielleicht schon seit Millionen von Jahren. Laoorde zögerte mit einemmal. Wer garantierte ihr, daß es keine Falle war, aus der sie nicht mehr herauskam? Auch fleischfressende Pflanzen, so hatte sie im Dschungel von Suzuur gelernt, verzauberten ihre Opfer mit ihrer verlockenden Schönheit.
Aber dann waren da wieder die beruhigenden, undeutlichen Impulse. Sie faßte sich ein Herz und ging durch die Öffnung.

Ihr Wissensdurst war größer als alle Furcht. Sie mußte sich etwas bücken, danach erweiterte und vergrößerte sich der Stollen, und sie empfing ein dankbares, zufriedenes geistiges Wispern. Sie war keine Telepathin, aber es erfüllte sie und ließ sie weitergehen. Plötzlich war sie sicher, daß das grüne Leuchten vom Abend zuvor genau aus diesem Stollen in die Schlucht geflutet und bis zu ihr hinauf sichtbar gewesen war. Aber wo war es jetzt?
Sie ging weiter, nahm die kleine Lampe von der Befestigung am Raumanzug und leuchtete vor sich, als es dunkler wurde. Der Gang machte einen Knick. Danach verzweigte er sich, aber sie wußte genau, welcher Richtung sie zu folgen hatte. Das zufriedene Wispern bestätigte es ihr. Sie hatte den Eindruck, daß sich viele lautlose Stimmen zu einer vereinigten. Wer auch immer in diesem Berg auf sie wartete, es war nicht *ein* Wesen, es waren viele.

Der Gang wand sich wie eine Spirale. Es gab weitere Knicke, und plötzlich bemerkte Laoorde, daß sie die Lampe nicht mehr brauchte. Gegen jede Logik wurde es auf einmal heller. Sie blieb stehen, drehte sich um und fand es bestätigt. Es hätte genau umgekehrt sein müssen. Vor ihr schimmerte es grünlich, hinter ihr war es dunkel.
Komm, wisperte es in ihr. *Du mußt zu uns kommen, wir können es nicht.*
Was bedeutete das?
»Wo seid ihr?« rief sie in den Gang. »Und wer seid ihr?«
Sie erschrak vor dem Klang ihrer eigenen, dunkel hallenden Stimme. Es war, als würde sie ein Heiligtum damit entweihen, etwas, das der Außenwelt seit Äonen verschlossen war. Langsam schritt sie weiter. Sie mußte sich nach ihrer Schätzung mindestens einen Kilometer tief im Berg befin-

den. Die grüne Helligkeit steigerte sich mehr und mehr. Der Gang verengte sich und machte einen weiteren, scharfen Knick. Laoorde wußte, daß es der letzte sein würde. Das Licht strahlte so stark, daß es ihren Augen weh tat.
Ihr Herz klopfte wie wild. Ihr war heiß. Ihr Atem ging stoßweise. Sie wußte, daß sie ganz nah dran war. Gleich würde sie sehen, wer hier im Fels lebte und geistigen Kontakt zu ihr aufgenommen hatte. Die Impulse versuchten sie zu beruhigen, ihr die Furcht vor dem Unbekannten zu nehmen.
Das Mädchen von Suzuur blieb wie angewurzelt stehen. Sie konnte ihren Blick trotz der schmerzenden, überweltlichen Helligkeit nicht abwenden. Die Lippen waren trocken. Sie merkte es nicht. Sie starrte nur auf das Wunder und mußte begreifen, daß dies kein Traum war.

Es war ein riesiges Gewölbe, das sich vor ihr öffnete, und zweifellos künstlich entstanden. Die blendende Helligkeit strahlte aus großen kugelförmigen Gebilden, die in mächtigen Trauben von der wie geschliffen aussehenden, das Licht reflektierenden Decke herabhingen. Laoorde konnte nur ganz kurz hinsehen. Die Kugeln strahlten intensiv in allen Farben und in anderen Spektren.
Wie groß das Gewölbe war, ließ sich nicht abschätzen. Das Licht, das bis in jeden Winkel drang, machte dies unmöglich. Sie sah Säulen, die zur Mitte des Gewölbes hin immer höher und dicker wuchsen und in dem grellen Schein der Kugeltrauben verschwanden. Laoorde zwang sich dazu, nicht weiter nach oben zu sehen. Statt dessen versuchte sie zu erkennen, was sich im Zentrum des Gewölbes zwischen den Säulen befand.
Es war schwer. Einmal dachte sie an eine golden schimmernde Masse, die in dauernder Bewegung war, dann an

einen Obelisken aus ständig fließender Energie; einmal an ein absolut fremdartiges Lebewesen aus purer Strahlung, dann wieder an ein technisches Gerät, das ständig seine Form veränderte. Für menschliche Augen war es unmöglich zu erkennen, von ihren Sinnen nicht zu erfassen. Sicher war sie sich nur darüber, daß es das Zentrum, das Herz dieser Anlage darstellte

Aus ihm kamen die Stimmen. Es gab ihr das Gefühl, in keiner Gefahr zu schweben, und ließ sie etwas von der Ewigkeit spüren, die es schon hier ruhte und wartete.

Plötzlich klang eine geheimnisvolle, überweltliche Musik auf, die Laoorde nicht mit ihren Ohren wahrnahm, sondern mit ihrem Geist. Sie entstand direkt in ihr und versetzte etwas in ihrem Unterbewußtsein in Schwingungen, synchronisierte ihr Denken und Fühlen mit dem Pulsieren der Wesen im Zentrum der Höhle. Laoorde stand ganz still. Jetzt konnte sie an den Wänden verschwommene Bilder erkennen, meterhoch über dem Boden, bevor sie sich zur Kuppel schlossen. Sie zeigten humanoide dürre Wesen mit sechs Armen. Ihr Köpfe waren im Vergleich zu ihren Körpern riesig. Je länger sie hinsah, desto plastischer kamen Laoorde die Wandbemalungen vor – waren es tatsächlich nur Bilder?

Sie konzentrierte sich wieder auf das golden strahlende Etwas im Zentrum, das das Licht und die Farben von der Decke einfing und ihr Spiel wiederholte. Sie war von tiefer Ehrfurcht ergriffen. Sie fühlte sich eingebettet in den Zauber und die Ewigkeit. Zeit schien keine Rolle mehr zu spielen. Hatten ihre Eltern das gleiche erlebt, als sie in ES gelebt hatten?

Sie spürte plötzlich verstärkt das Tasten eines fremden Geistes an ihrem Bewußtsein.

»Ich spüre euch«, flüsterte sie. »Wer seid ihr?«

Wir sind die Letzten der Staar, wisperte es in ihr. Obwohl sie damit gerechnet hatte, zuckte sie leicht zusammen. *Wir sind für manche eine Legende, die meisten jedoch glauben längst nicht mehr, daß es uns jemals wirklich gegeben hat. Wir sind die Letzten jenes Volkes, das als erstes im Arresum Intelligenz und Raumfahrt entwickelte. Als es dem Mächtigen Batalik einst gelang, trotz des Verrats seines Kollegen Dosorom seine Ladung an Lebenskeimen freizusetzen, entwickelte sich aus dieser Saat auf dem Planeten einer heute längst erloschenen Sonne das Leben, aus dem wir am Ende hervorgingen – lange bevor es Ayindi und die Barayen gab.*
Das Wispern verklang. Laoorde träumte von ätherisch schlanken, sechsarmigen Wesen, die mit ihren Raumschiffen von Planet zu Planet flogen und – so wie heute die Menschen – Kolonien gründeten. Sie waren vollkommen friedlich und kannten keinen Streit untereinander. Streit oder gar Krieg mit anderen Intelligenzvölkern war undenkbar, weil es nur sie gab. Sie liebten die Künste und die Philosophie. Sie verwandelten ganze Planeten zu blühenden, herrlichen Gärten. Sie bauten weiße Städte und verehrten als Religion den göttlichen Plan, der hinter allem Leben stand.
Laoorde schwieg beeindruckt, als die Bilder erloschen. Ja, sie hatte von den Erwachsenen gehört, daß einige Ayindi einmal von einem angeblichen Urvolk des Arresums gesprochen hatten. Sie selbst glaubten nicht daran, aber die Legende war da, so wie ein Märchen mit Feen und Drachen, Elfen und Zauberern ...
»Ihr müßt ein großartiges Volk gewesen sein«, flüsterte sie. Ihr Blick wanderte dabei wieder über die Wände und ihre Bilder. »Aber was ist aus euch geworden? Ihr seid doch nicht tot. Ihr lebt doch noch hier in diesem Gewölbe? Oder dort im Licht?« *Hier und auf vielen anderen Planeten, Laoorde,*

vernahm sie wieder die innere Stimme. *Wir waren für etwa eine halbe Million Jahre deiner Zeitrechnung das einzige und dominierende Volk des Arresums. Wir haben gesehen, wie Kulturen entstanden sind, aber keiner war der Sprung in den Weltraum beschieden. Und dann kam die Abruse. Sie wuchs und wuchs auf ihrem Planeten, und bald war sie in der Lage, ihre Strukturen nach anderen Welten auszuschicken. Wir erkannten damals bereits, daß sie nicht aufzuhalten war. Wir sahen die Zukunft voraus, und sie war schrecklich. Wir selbst haben nur kurz versucht, die Abruse zurückzudrängen, und das nicht nachhaltig genug. Wir hätten sie ganz auslöschen müssen, an ihrer Wurzel, als sie noch jung war.*

»Warum habt ihr es nicht getan?« fragte Laoorde erstaunt.

Weil wir nicht in der Lage waren, anderes Leben zu vernichten, auch wenn es noch so fremdartig und gefährlich war.

»Aber die Abruse war der *Feind* allen Lebens ...«

Wir konnten es nicht. Es wäre die Negierung all unserer Werte gewesen, unsere Selbstaufgabe. Wir hätten andererseits auch nicht zusehen können, wie durch die wachsende Abruse Leben um Leben vernichtet wurde, es hätte uns zerstört. Also beschlossen wir, uns eine neue Zustandsform zu geben. Wir versetzten uns in eine Art Tiefschlaf, aus dem wir erst dann erwachen würden, wenn wir die Nähe von Wesen spürten, die so friedliebend waren wie wir. Wir hofften, daß irgend jemand einen Weg gefunden hätte, die Abruse zu bezwingen. In einem Fall ist das bereits geschehen, auf einem Planeten mit abrusischem Pseudoleben. Das Volk nannte sich Corrax. Es war ein Irrtum, und unsere Brüder und Schwestern dort haben sich in die Ewigkeit begeben.

Laoorde versuchte sich an etwas zu erinnern, was mit einem Volk namens Corrax zu tun hatte. Ihr fiel nichts ein.

Nun ist es soweit, hörte sie. *Wir spüren es in deinen Gedanken. Die Abruse ist besiegt, und neben den Ayindi und Barayen, den heutigen Barrayd, gibt es ein drittes mächtiges Volk im Arresum. Es ist dein Volk, Laoorde, und es wird vor allem eure Aufgabe sein, das Arresum wieder mit Leben zu erfüllen. Die Ayindi und die Barrayd sind dafür vielleicht schon zu alt. Ihr seid jung und voller Energie, und wir wissen jetzt, daß wir nicht umsonst gewartet haben. Die Botschaft wird von uns zu allen Planeten eilen, auf denen sich die Letzten der Staar in Verstecke wie dieses zurückgezogen haben. Wir können endlich dahin gehen, wohin unsere Vorfahren schon vorausgegangen sind: in die Ewigkeit, Laoorde. Bringt dem Arresum das Leben zurück! Erfüllt es mit eurem schöpferischen Geist. Wir werden euch von einer höheren Warte aus beobachten.*
Laoorde schluckte mühsam, ihr Hals war wie zugeschnürt. Sie fühlte, wie ihr die Tränen in die Augen schossen. Die Stimmen, das Licht, die Musik, die fließende Bewegung der Wesen vor ihr, alles das überwältigte sie und ließ sie sich klein wie eine Mikrobe vor dem Angesicht einer unvorstellbar hoch entwickelten Lebensform vorkommen. Ihr Körper bebte, und dieser Augenblick, die empfangene Botschaft, brannte sich tief in ihr Bewußtsein ein. Sie wußte nicht, was weiter geschehen würde. Aber sie wußte, sie würde es niemals vergessen.
Das Wispern wurde wieder undeutlich. Es drang keine klare Botschaft mehr zu ihr. Das Gebilde teilte sich in tausend Splitter, plötzlich sah sie rechts und links fast hektische Bewegungen. Die Bilder an den Wänden veränderten sich, regten sich, lösten sich von dem Stein und wurden zu ätherischen, elfengleichen Gestalten, die knapp über dem Boden auf die Wesen im Zentrum zuschwebten, bis sie darin ver-

schwanden – jede Gestalt unter einer flackernden Lichterscheinung war wie ein Funke.
Tausende Stimmen erfüllten das Gewölbe. Laoorde ahnte, was kommen würde, und trat unwillkürlich einige Schritte zurück in den Gang. Sie legte schützend die Hand vor die Augen, als sich das Strahlen im Zentrum sprunghaft verstärkte und das Gebilde langsam vom Boden abzuheben begann.
Hilf deinem Volk, den richtigen Weg zu beschreiten, vernahm sie noch einmal eine geistige Botschaft. *Zeige ihm, worauf es wirklich ankommt. Und nun lebe wohl. Wir werden uns endlich mit unseren Brüdern und Schwestern in die Ewigkeit begeben. Wir danken euch dafür.*
Dann vermischte sich ein grelles, golden strahlendes Licht mit dem Licht an der Decke. Laoorde wandte sich um, sie wollte nicht blind werden. Sie hörte ein Rauschen wie von einem Sturm, dann, nach einer nicht zu bestimmenden Zeitspanne, war alles still und dunkel.
Das Gewölbe war leer. Sie nahm ihre Lampe und schaltete sie ein. Der Lichtkegel wanderte über die Wände, die keine »Bemalungen« mehr zeigten, dann zu den Säulen. Sie waren weg.
Es war unheimlich still – totenstill.
Laoorde stand etwa zehn Minuten lang im Eingang des Gewölbes in tiefer Dunkelheit. Wie in Trance folgte sie dem Gang hinaus ins Freie, in die Schlucht und zu ihrem Gleiter. Sie hatte das Gefühl, aus großer Höhe unendlich tief gefallen zu sein.
Es war schon Abend, als sie startete. Sie hatte den Autopiloten programmiert und brauchte selbst nichts weiter zu tun. Der Gleiter brachte sie sicher zum Beiboot der ARRAXA zurück. Die junge Kolonistin war mit ihren Gedanken weit, weit weg. *Wo seid ihr hin? Wo ist eure Ewigkeit?*

Als sie ins Beiboot zurückkehrte, begab sie sich nicht in die Zentrale. In ihrem Gemütszustand zog sie die bequeme Kabine vor.

Dieses Volk ging ihr nicht aus dem Kopf. Sie war einer Lebensform begegnet, die uralt war, und sie war Zeuge eines nicht alltäglichen Vorgangs geworden. Es faszinierte sie, wie diese Lebensform einfach von dem Planeten Moyod verschwand. Sie mußte sie allein durch ihre Nähe »aufgeweckt« haben. Sie hatte ihre Gedanken gelesen und darin das gefunden, was sich in jüngster Zeit im Arresum abgespielt hatte: der Tod der Abruse, die Ankunft der Menschen, die Entwicklung der Ayindi und Barrayd.
Und wo waren sie jetzt, die Letzten der Staar? Waren sie erloschen wie die Flamme einer Kerze, oder existierten sie in einer für uns unbegreiflichen Daseinsform hier im Arresum?
Nachdem Laoorde etwas getrunken hatte, legte sich auf den Rücken und schloß die Augen. Sie wünschte, jetzt jemanden bei sich zu haben, mit dem sie über das Erlebte sprechen konnte. Sie hatten sie auserwählt. Sie hatten ihr einen Auftrag gegeben. Sie sollte mithelfen, daß die Arresum-Menschheit dieses Weltall mit Leben und Intelligenz erfüllte. Aber wie sollte das aussehen? Jeder Mann und jede Frau waren bestrebt, dem Auftrag von ES Folge zu leisten. Wozu bedurfte es dann noch ihrer Hilfe, ihres Antriebs?
Oder gab es Probleme, von denen sie noch nichts ahnte?
Hingen sie am Ende mit ihresgleichen zusammen? Irgend etwas mußte die Aufforderung der Staar doch zu bedeuten haben.
Nach einigen Stunden kehrte Laoorde in die Zentrale zurück und erkundigte sich nach dem Stand der Reparaturarbeiten. Diesmal bekam sie eine konkretere Angabe vom Bord-

syntron: »Mit 89 Prozent Wahrscheinlichkeit kann die Hyperkomanlage innerhalb der nächsten drei Tage wieder in Betrieb genommen werden. «

Sie fand in dieser Nacht keine Ruhe. Statt Schafe zu zählen, entwickelte sie mathematische Formeln in ihrer Phantasie. Normalerweise half ihr das, doch diesmal nicht. Ihr ging die Begegnung in dem Berg einfach nicht aus dem Sinn. Ständig hörte sie das Wispern.

Am anderen Tag, total übernächtigt und schlechtgelaunt, suchte sie erneut die Zentrale auf, ließ sich einen Statusbericht geben und flog mit dem Gleiter zum Wald, um Nüsse zu sammeln. Der Konzentratwürfel, den sie am Morgen zu sich genommen hatte, gab ihr neue Energie. Innerhalb kürzester Zeit war ihr Beutel voller Nüsse. Sie sammelte noch einige besonders fleischige Pilze. Die Analyse zeigte zwar keine Giftstoffe auf, aber es wurden gewisse Mengen halluzinogen wirkender Stoffe festgestellt. Laoorde knabberte zaghaft an einem der Pilze. Plötzlich veränderte sich das Licht. Alles war in grelle Farben gebadet. Ihr wurde anfangs leicht übel, und Angst erfüllte sie, weil sie keine Kontrolle darüber hatte, was mit ihr geschah.

Kaum fühlte sie sich besser überkam sie eine Lachanfall. Sie sah ihre Umgebung, als bestünde sie nur aus transparentem Material. Sie konnte hindurchsehen: durch die Wände des Beiboots ins Freie. Sie bekam Flügel. Der Himmel über ihr war ein einziges mathematisches Muster, das diese ganze Welt umspannte. Sie löste eine Gleichung nach der anderen und reiste auf den Ergebnissen immer neuen Herausforderungen zu. Sie umkreiste Moyod wie ein Satellit. Es war warm in ihrem Orbit, sprenkelnde Lichter tanzten im schwarzen Weltraummeer. Sie flog und flog, alles

war mit allem verbunden, alles war eins. Es gab keine Entfernungen mehr. Und alles war Teil eines göttlichen Plans. Aber die Gleichung, auf die es ankam, ging nicht auf.
Es war die Gleichung, die ihr eigenes Leben, ihre Existenz erklären sollte – auf der einen Seite die sogenannten Normalmenschen, auf der anderen Seite die Hyperintelligenten. Sie fühlte sich in der Mitte, sie war das Gleichheitszeichen zwischen den beiden Gegensätzen. Und wie und was sie auch tat, es löste die Gleichung nicht.

Laoorde war schweißgebadet. Sie wusch sich eiskalt in der Hygienezelle. Anschließend machte sie Atemübungen, um wieder zu sich zu finden. Sie trank kaltes Wasser in großen Mengen. Der Pilzrausch ließ sich dadurch nicht verscheuchen. Er ebbte erst ab, als sie, schwer atmend, wieder schweißgebadet auf ihrer Liege lag und ins angenehme Licht der Deckenbeleuchtung starrte.
»Nie wieder«, murmelte sie, nachdem sie sich übergeben hatte. »Nie wieder im Leben esse ich Pilze.«
Daß ihr die Halluzinationen in gewisser Weise einen Blick in die eigene Zukunft gezeigt hatten, erfuhr sie erst später.
Sie schlief ein und wachte am anderen Morgen frisch erholt auf. Als sie die Zentrale betrat, wurde sie für einiges entschädigt. Der Bordcomputer vermeldete ihr mit 97prozentiger Sicherheit, daß das Reparaturprogramm den Hypersender noch an diesem Tag wieder funktionsfähig machen konnte. Das war mehr, als sie erwarten konnte.
Laoorde blieb an diesem Tag im Boot, obwohl die Versuchung groß war, in die Schlucht zurückzufliegen und noch einmal die Stätte ihres unglaublichen Erlebnisses aufzusuchen. Sie tat es nicht. Sie wartete. Wenn sie die Botschaft der Staar und ihre Halluzinationen richtig verstanden oder

gedeutet hatte, mußte sie noch dringender nach Sainor, als sie bisher immer angenommen hatte.
Am späten Nachmittag teilte das Bordgehirn mit, daß die Hyperfunkanlage repariert und einsatzbereit sei. Laoorde machte fast einen Luftsprung. Sie zögerte keinen Moment, sondern setzte sich in ihren Schalensessel und gab die entsprechenden Befehle an den Computer.
Danach sandte sie ihren Notruf nach Sainor aus.

10

Sainor: die Rückkehr

Das Rochenschiff landete zwei Tage nach ihrem ausgesandten Notruf und nahm sie und das Beiboot an Bord. Es wurde von Menschen geflogen, obwohl Laoorde andere Konstruktionen in der Zentrale sah als in der ARRAXA. Die veränderten Geräte und Computer waren noch mehr den Bedürfnissen der Menschen angepaßt.

Sie hatte kaum Gelegenheit, die Besatzung kennenzulernen. Der Kommandant hieß Swalm Breeches und war etwa hundert Jahre alt. Er hatte schwarzes, halblanges Haar und trug einen Vollbart, was sie zunächst befremdete. In den zwei Tagen ihres Fluges nach Sainor lernte sie Breeches als einen Mann kennen, mit dem man über alles reden konnte. Sie wunderte sich jetzt nicht mehr darüber, daß seine Mannschaft ihn liebte.

»Ich habe deine Eltern gekannt«, sagte Breeches am Abend vor ihrer Landung. »Ich habe alle gekannt, die damals an Bord der ARRAXA waren. Inzwischen sind insgesamt fünf Planeten besiedelt worden, und fünfzehn Schiffe sind mit Lebenskeimen ins ehemalige Abruse-Gebiet geflogen. Von einem haben wir eine positive Meldung erhalten. Es ist gelungen, eine winzige Enklave in den Kristallstrukturen zu schaffen.« Er lachte. »Aber zurück zu dir. Du hast mir eine Menge erzählt. Ich werde daraus nicht ganz schlau. Du willst, daß wir das Beiboot mit nach Sainor nehmen, dort den Überlichtantrieb auswechseln und es anschließend nach Suzuur zurückschicken?« »Ja«, antwortete sie, »bitte. Die Siedler brauchen es doch.«

»Dann soll es geschehen«, meinte er und zog die Brauen zusammen. »Aber was ist mir dir? Du hast mir bisher noch nicht verraten, warum du unbedingt nach Sainor zurückwillst.«

»Ich bin eine Hyperintelligente«, sagte Laoorde, so als müßte sie etwas beichten. »Und ich muß mehr darüber erfahren. Ich muß deshalb Kontakt mit den Hyperintelligenten auf Sainor aufnehmen, verstehst du das?«

»Im Grunde schon«, meinte er. »Vielleicht kannst du sogar auf sie ...«

»Was?« fragte sie schnell. »Was kann ich?«

»Ach, nichts, komm, vergiß es. Du solltest dich besser auf den Empfang vorbereiten, den man dir bereiten wird.«

»Empfang?« fragte sie verständnislos.

Er lachte und nickte.

»Was dachtest du? Du bist schließlich die erste, die von einer der Kolonien zu uns zurückkommt. Du bist die erste Botschafterin von den neuen Welten – der lebende Beweis dafür, daß das Arresum auf uns gewartet hat.«

»Swalm, das wollte ich nicht – das *will* ich nicht. Ich habe dir gesagt, warum ich nach Sainor muß. Zeigt mich nicht herum wie eine Zauberpuppe. Swalm, ich bitte dich, schleus mich durch irgendeinen Hinterausgang aus dem Schiff, damit ich unerkannt den Hafen verlassen kann.«

»Den Raumhafen von Shavann?« Er lachte glucksend. »Das ist so, als wollte ich einer Maus gestatten, das Schiff unbemerkt zu verlassen. Du wirst es sehen, Laoorde. Shavann ist inzwischen eine hochmoderne, perfekte Stadt geworden, mit einem ebenso perfekten Raumhafen. Du hast keine Chance, so leid es mir persönlich tut. Da mußt du wohl durch, meine Kleine.«

Sie schüttelte den Kopf, sah aber ein, daß er recht hatte.

Laoorde schlief unruhig. Immer wieder versuchte sie sich die bevorstehende Begrüßung vorzustellen. Sie war kein Staatsoberhaupt, keine Botschafterin! Sie war eine einfache junge Frau, die durch Zufall mit etwas mehr Intelligenz und Begabung geboren worden war als andere – das war alles. Wäre sie doch nur nie in diesen Hypersturm geraten!

Aber es ließ sich nicht mehr ändern, und – wie Breeches gesagt hatte – da mußte sie jetzt wohl oder übel durch.

Etliche Stunden später während des Landeanflugs hielt sie sich in der Zentrale auf und konnte sehen, wie im Orbit um Sainor große Stationen und Raumschiffsteile zusammengebaut wurden. Breeches erklärte ihr alles:

»Die Stationen sollen unter anderem einmal auf dem Mars abgesetzt werden. Eine ist schon dort und führt Messungen durch. Die anderen sollen später erste Lebenskeime für den ehemaligen Parresum-Planeten enthalten und später menschlichen Besatzungen als Unterkunft dienen. Aber bis dahin muß sich die fremde Strangeness dort abgebaut haben, und auch die merkwürdigen hyperphysikalischen Effekte, die von den Sonden der Station angemessen werden, müssen geklärt sein.« Er grinste. »Wir fördern inzwischen auf Sainor einige Erze, die die Ayindi nicht entdeckten, und bezahlen ihre Dienstleistungen gewissermaßen damit. Auf diese Art und Weise kommen wir uns nicht ganz so sehr als Almosenempfänger vor.«

»Ja«, sagte Laoorde, halb in Gedanken. Sie sah den Planeten Mars silbrig funkeln, und Sainor füllte die Rundumschirme fast völlig aus.

»Wir brauchen viele und große Schiffe«, erklärte der Kommandant noch. »Als ES fast sieben Milliarden Konzepte auf Sainor absetzen ließ, machte sich die Superintelligenz offenbar keine Gedanken über die vorprogrammierte Überbevölkerung. Deshalb wurde das Kolonisationsprogramm

immer weiter forciert. Es ist heute so, daß nicht mehr eintausend Menschen auf eine neue Welt geschickt werden, sondern ein Vielfaches davon. Es wurde auch schon mit dem Gedanken gespielt, mit immer wiederkehrenden Schiffen, sozusagen im kosmischen Pendelverkehr, weitere Tausende Siedler nach Suzuur zu senden – wie wir wissen, habt ihr in euren Städten trotz eurer Kinderschwemme genug Platz. Aber die Mehrheit im Rat sprach sich dagegen aus; das Experiment auf Suzuur darf nicht angetastet werden.«
»Der Rat«, sagte Laoorde gedehnt. »Wer ist das? Wie setzt sich dieser Rat zusammen?«
»Vorwiegend aus Normalintelligenten, wenn du das meinst«, hörte sie, während sie beobachtete, wie auf der Reliefabbildung die Erdteile Sainors immer schneller wuchsen und die Gebirgszüge, Wälder, Seen und Städte klar erkennbar wurden. »Der Rat besteht aus jeweils zehn Männern und Frauen. Jeder von ihnen vertritt hundert Großdeputierte. Jeder Großdeputierte vertritt wiederum tausend Deputierte, und jeder von diesen verteidigt die Interessen von bis zu fünftausend Bürgern. Alles funktioniert durch Computerabstimmung von unten nach oben – die perfekteste Form der Demokratie, die uns heute möglich ist. Durch die Geburten gibt es zehn Milliarden wahlmündige Männer und Frauen auf Sainor, Laoorde, und das ist viel zuviel. Nach dem ersten Überschwang wurde eine allgemeine Geburtenkontrolle durchgesetzt mit dem Ziel, die Gesamtbevölkerung langfristig auf fünf Milliarden Bewohner schrumpfen zu lassen – sonst würden wir unweigerlich unseren eigenen Planeten zerstören. Es gibt genug traurige Beispiele dafür.«
Diese Beispiele kannte Laoorde natürlich nicht, aber sie fand es vernünftig.

»Sind noch weitere Hyperintelligente dazugekommen?« erkundigte sie sich vorsichtig.
»Nein«, sagte Swalm Breeches.
Sie sah aus den Augenwinkeln, wie sein Gesicht sich verdüstert hatte. Irgend etwas verbarg er, das hatte sie schon gestern bemerkt.
Wenn er die Hyperintelligenten aus irgendeinem Grund nicht mochte, weshalb war er dann so freundlich zu ihr?

Sie tröstete sich mit dem Gedanken, daß sie bald auf alles eine Antwort bekommen würde. Sie mußte sich auf die Landung und die unausweichliche Prozedur vorbereiten. Sie würde es irgendwie überstehen.

Sie überlebte es. Eine offizielle Abordnung des Regierenden Rates war zu ihrer Begrüßung erschienen. Dazu kamen einige Pressevertreter der Medien und etwa eintausend Zuschauer. Shavann hatte sich in der Tat verwandelt – in eine moderne Metropole mit funktionierender Infrastruktur. Die Begrüßung war herzlich, innerhalb weniger Minuten hatte Laoorde zehn Termine für TV-Auftritte und Interviews. Man gab ihr keine Gelegenheit, alle abzulehnen – *sie mußte da durch.*
Noch wußte niemand, daß sie eine Hyperintelligente war. Breeches hatte darüber geschwiegen. Sie fragte sich, wie sonst der Empfang ausgefallen wäre. Sie sparte sich diese Offenbarung bis zu der letzten Talk-Show auf, zu der sie eingeladen worden war. Es gab immer dieselben Fragen: wie es sich auf dem neuen Planeten lebe, ob sie sich von Sainor geistig entfernt habe oder doch noch als Sainorerin fühle – Laoorde mußte immer wieder erzählen, daß sie nicht hier, sondern auf Suzuur geboren worden war.
Später, sie hatte sich gut unter Kontrolle und an den Rummel

gewöhnt, eröffnete sie dem Talkmaster und den Milliarden von Zuschauern, daß sie eine Hyperintelligente sei, die einzige, die auf Suzuur zur Welt gekommen war. Sie wollte bewußt auf sich aufmerksam machen – sofern dies nicht bereits geschehen war.

Ein Gleiter brachte sie zu ihrem Quartier, das ihr für die erste Zeit zur Verfügung gestellt worden war. Man hatte ihr ein modernes Hotel angewiesen, und sie war der erste Gast von einem anderen Planeten.

Am Abend traf sie sich noch mit Medienvertretern, danach zog sie sich in ihre Suite zurück und legte sich hin. Sie verfolgte die planetaren Nachrichten auf einem Großbildschirm und wartete insgeheim darauf, daß sich irgendein Hyperintelligenter bei ihr meldete. Schließlich übermannte sie der Schlaf. Nach dem Frühstück am anderen Morgen wurde sie im Foyer des Hotels von einem fremden jungen Mann erwartet, der ihr auf Anhieb unsympathisch war. Er war aalglatt, gestriegelt und unfaßbar. Aber sie spürte, daß er versuchte, eine geistige Brücke zu ihr aufzubauen. Er war einer wie sie.

»Mein Name ist Harm Soggestin«, stellte er sich vor. »Ich dachte mir, ich treffe dich, bevor die Reporter wieder anrauschen. Ich hätte dich auch einfach anrufen können, aber ich wollte mich persönlich davon überzeugen, daß du wirklich eine von uns bist.«

»Und?« fragte sie kühl. »Hast du dich nun überzeugt?«

»Dazu bedarf es wenig ...«, erklärte er in seiner überheblichen Art. »Ja, du bist hyperintelligent. Wir werden uns wiedersehen.« Er sah sich um, so als fürchte er seine Entdeckung. Dann gab er ihr schnell eine Karte. »Ruf diese Nummer an. Ein gewisser Demago wird sich melden. Tu es, wenn du Kontakt mit uns haben willst.«

»Und wenn ich nicht will?« fragte sie ihn aggressiv. So hatte sie sich ihre erste Begegnung mit den Sainor-Hyperintelligenten nicht gerade vorgestellt. »Was dann?«
»Du wirst deine Wahl treffen«, sagte Soggestin nur und drehte sich um. Er verschwand durch die Formenergieschleuse aus dem Foyer des Hotels.
Kein freundliches Wort, kein Willkommensgruß. Laoorde wußte nicht, was sie davon halten sollte. Die »Normalen« kamen ihr sympathischer vor als ihresgleichen, auch wenn sie sich seit ihrer Offenbarung in der Talk-Show seltsam anders verhielten – nicht direkt abweisend, aber reservierter.
Sie steckte die Karte ein. Demago – wer war Demago? Es klang nicht wie ein normaler Name. Ein Titel? Gab es auf Sainor so etwas wie einen Zirkel der Hyperintelligenten?
Um das zu erfahren, gab es zwei Wege: Entweder sie rief diese Nummer an, oder sie versuchte, sich Informationen von der hiesigen Bevölkerung zu beschaffen. Sie kannte von ihren Eltern einige Paare vom Namen her, die damals auf Sainor zurückgeblieben waren. Wenn sie zuerst zu ihnen ging, konnte sie sich vielleicht unangenehme Überraschungen ersparen.
Demago ...
Wenn diesem Demago etwas an ihr lag, weshalb kam er dann nicht direkt zu ihr?
Laoorde beschloß, den Umweg über die Bekannten zu machen. Sie fragte an einem Terminal des Hotels die Rufnummer eines der ihr namentlich bekannten Paare ab, bekam aber keinen Anschluß. Beim zweitenmal klappte es besser. Sie unterhielt sich mit Belle Constanza und verabredete mit ihr ein Treffen am Abend. Belle hatte sich sofort an Rocchor und Selne Delaar erinnert und schien sich zu freuen, Laoorde zu sich einzuladen. Wahrscheinlich erhoffte sich

Belle Neuigkeiten von ihren Eltern und den anderen der Kolonie.
Als Laoorde auf die Straße trat, wurde sie von vielen begrüßt, aber nicht von allen. Wieder fragte sie sich, warum das so war. Sie hatte niemandem etwas getan. Wurden die anderen Hyperintelligenten von Sainor auch so behandelt?
Sie brannte vor Neugier, als sie am Abend vor der Haustür der Constanzas stand und ihr geöffnet wurde. Belles Ehepartner Major, ein großer, schlanker Mann mit dunklen Augen und einem Knittergesicht, begrüßte sie herzlich und führte sie in den weiten, behaglich eingerichteten Wohnraum. Seine Freude schien echt zu sein. Belle, im Gegensatz zu ihm etwas füllig und mit altmodisch wirkender Lockenfrisur, kam aus der Robotküche und zog sie an sich.
»Du bist also das Kind von Selne und Rocchor, das sie sich so gewünscht haben«, sagte sie. »Wir haben immer gewußt, daß sie ein Kind haben, wir es aber wohl nie kennenlernen würden. Deine Eltern und wir waren sehr, sehr gute Freunde.«
»Das weiß ich«, bestätigte Laoorde lächelnd. »Darum habe ich mich an euch gewandt.«
»Das war eine kluge Entscheidung«, sagte Belle mit gutmütigem Lächeln. »Bitte entschuldige, ich muß in die Küche zurück und den Robothelfern auf die Finger schauen.«
»Setz dich endlich«, forderte Major. »Erzähle mir von deinen Eltern. Wie geht es Rocchor und Selne? Warum sind sie nicht mitgekommen?«
Laoorde ließ sich in einen Formenergiesessel fallen und seufzte. »Das ist eine verzwickte Geschichte. Willst du sie wirklich hören? Du weißt ja inzwischen, daß ich hyperintelligent bin.«
»Du bist die Tochter von Selne und Rocchor Delaar«, sagte Major mit Nachdruck.

Laoorde berichtete ausführlich von Suzuur und ihren Eltern, wobei sie allerdings wie auch in den Interviews verschwieg, unter welchen Umständen sie den Planeten verlassen hatte. Als sie ihre Schilderung beendet hatte, lächelte ihr Major väterlich zu. Er füllte ihr Glas erneut mit Saft aus eigenem Obstanbau. Er schmeckte noch etwas bitter, aber durchaus aromatisch.
»Und du willst das Beiboot wirklich zurückschicken?« fragte Belle, die neben ihm auf einer kleinen Couch saß. »Heißt das, du bleibst länger oder gar für immer hier bei uns?«
»Ich weiß es nicht«, antwortete Laoorde, halb in Gedanken. Dann schüttelte sie schnell den Kopf. »Nein, eines Tages kehre ich nach Suzuur zurück.«
»Eine Forschungsarbeit willst du also schreiben«, wiederholte Major. »Wenn wir dir dabei behilflich sein können, würden wir uns freuen. Woran denkst du genau? Ich sehe doch, daß du mit deinen Gedanken ganz woanders bist. Geht es um die Hyperintelligenten hier in Sainor?«
»Gut geraten«, gab Laoorde zu.

»Das war nicht so schwer. Wenn ich auf einem einsamen Planeten geboren worden wäre und wüßte, daß auf einer anderen Welt eine Menge Geschwister von mir leben, dann würde ich auch versuchen, mit ihnen in Kontakt zu treten.«
»Schatz«, sagte Belle zu ihrem Partner, »das ist doch kein Vergleich. Und außerdem ist sie zu *uns* gekommen und nicht zu *denen*.«
»Heute morgen besuchte mich einer von ihnen in meinem Hotel«, berichtete Laoorde wahrheitsgemäß. »Aber ich kann nicht sagen, daß ich eine Verbundenheit zu ihm gespürt hätte. Weshalb werde ich von manchen Menschen gemieden, seitdem sie wissen, wie intelligent ich bin?«

Die Constanzas blickten sich an, und Major räusperte sich. »Wir haben gewisse Probleme mit ihnen«, sagte er gedehnt. »Sie isolieren sich, weißt du? Sie sind wahrhaftig nicht alle gleich. Manche sind freundlich, andere ablehnend und überheblich. Aber auch wenn sie freundlich sind, lassen sie uns spüren, daß sie anders als wir sind – überlegen. Viele von ihnen sitzen in wichtigen Positionen in der Wirtschaft und Verwaltung und haben es verstanden, große Bereiche unter ihre Kontrolle zu bringen. Andere wiederum betätigen sich als Künstler oder in freien Berufen wie etwa Architekten. Sie sind eigentlich überall zu finden und sind uns in allem haushoch überlegen.«

»Und das führt zu Neid«, erriet Laoorde, »... zu Eifersucht.«

»Wir wollen sie nicht ausschließen«, sagte Belle. »Bei ES, es sind unsere Kinder, und sicher steckt ein Sinn dahinter, daß es sie gibt. Genauso, daß es dich gibt, Laoorde. Aber sie lassen uns nicht richtig an sich heran, da hat Major ganz recht. Sie können sich mit dir höflich unterhalten, dennoch spürst du eine Barriere.«

»Manche Sainorer stößt das ab«, kam es von Major. »Manche machen auch offen Stimmung gegen die Hyperintelligenten. Ich finde das nicht gut. Es drängt die Hyperintelligenten noch weiter in die Isolation. Irgendwann könnten sie mit Aggressionen antworten ...«

Belle nickte heftig. »Es soll sogar schon geheime Gruppen geben, in denen sie sich zusammenschließen.«

»Zirkel?« Sofort fiel Laoorde wieder die seltsame Art der Kontaktaufnahme durch Harm Soggestin ein.

»Ja«, hörte sie. »Und einige sollen telepathische Kräfte haben. Sie stehen damit untereinander in Verbindung. Jetzt sind die ältesten von ihnen über zwanzig Jahre alt und besetzen schon Schlüsselpositionen. Bald werden sie uns

regieren, und dann ...« »Bitte, Belle, hör jetzt auf«, unterbrach Major sie. »Erzähle unserem jungen Gast keine Schauermärchen.«
Er blickte Laoorde an, verdrehte dabei die Augen. »Die Phantasie geht mit ihr durch, wir wollten nicht unhöflich sein. Wenn Menschen etwas nicht verstehen, wachsen Gerüchte, die meistens jeder Grundlage entbehren. So wird es auch hier sein. Ich bin überzeugt, daß die jungen Hyperintelligenten nützliche Mitglieder unserer Gesellschaft sind und sich nach und nach einfügen werden. Als Kinder wurden sie bestaunt und bejubelt, als Jugendliche mußten und müssen sie herausfinden, wo ihre Grenzen liegen. Das ist völlig natürlich, oder? Wir werden eines Tages alle von ihrem Wissen und ihren Fähigkeiten profitieren – wenn wir es uns nicht aus Dummheit mit ihnen verderben. Die Menschen scheinen selbst nach all den Jahren in ES noch nicht gelernt zu haben, was wirkliche Toleranz bedeutet.«
»Es tut mir leid« sagte Belle. »Es war nicht böse gemeint.«
»Das weiß ich«, sagte Laoorde lächelnd und drückte ihr die Hand. Dann stand sie auf. »Verzeiht, aber ich bin müde. Ich werde euch wieder besuchen, wenn ich darf. Heute habe ich euch von Suzuur erzählt, das nächstemal werdet ihr mir von Sainor berichten und was in den letzten achtzehn Jahren geschehen ist.«
Mit diesem Versprechen verabschiedete sie sich. Als sie draußen stand, beschloß Laoorde kurzfristig, zu Fuß zum Hotel zu gehen. Die Bewegung würde ihr guttun.
Ihr Blick war auf den Sternenhimmel mit den für sie noch fremden Konstellationen gerichtet, jede eine Gleichung für sich. Sie ließ die Geschichten, die sie von Belle und Major Constanza gehört hatte, noch einmal Revue passieren.
Und ihre Finger strichen über die kleine Karte, die sie in einer Tasche ihrer Kombination trug.

Am anderen Vormittag ließ sie sich mit der Nummer verbinden, die sie von Harm Soggestin erhalten hatte. Als der Computer in der Hotelhalle die Verbindung herstellte, meldete sich nur eine eigentümlich klingende Stimme. Der Bildschirm blieb dagegen dunkel.

»Hier spricht Laoorde Delaar«, sagte sie. »Und dort? Spreche ich mit Demago?«

»So ist es«, hörte sie. »Ich bin froh über deinen Anruf, Laoorde. Ich ... wir dachten schon, du würdest dich nicht bei uns melden.« »*Wir?*« fragte sie.

»Meine Freunde und ich. Es sind auch deine Freunde, Laoorde. Wir möchten dich treffen. Wann hast du Zeit?«

»Jetzt«, sagte sie. Von taktischen Spielchen mit vorgetäuschter Beschäftigung hielt sie nichts. Sie wollte wissen, wer Demago und seine Freunde waren. Womöglich meinte er einen Zirkel?

Sie fühlte sich unwohl in ihrer Haut.

»Jetzt ist schlecht«, bekam sie endlich zu hören, so als hätte sich ihr Gesprächspartner erst mit anderen Personen absprechen müssen. »Aber wie wäre es heute am frühen Abend? Sagen wir, um achtzehn Uhr Ortszeit?«

»Einverstanden«, bestätigte sie. »Und wo?«

»Wir holen dich vor deinem Hotel ab. Unser Gleiter ist hellblau und trägt ein Galaxienmuster. Du brauchst nur einzusteigen. Es gibt in ganz Shavann nur einen hellblauen Gleiter mit einer Galaxis darauf.«

»Also gut, geht in Ordnung.« Laoorde zögerte einen Moment. »Werde ich dich dann persönlich treffen, Demago?«

»Natürlich«, versicherte ihr die Stimme. »Du wirst Demago sehen, keine Angst. Also bis heute abend, du weißt Bescheid.

Und bitte – keine Medien an deinen Fersen.«
»Nein«, sagte sie. »Soweit ich es verhindern kann.«
Der andere lachte und beendete die Verbindung. Nachdenklich verließ Laoorde das Hotel. *»Du wirst Demago sehen ...«* Warum hatte er nicht gesagt: *»Du wirst* mich *sehen ...«*?
Die Geschichte wurde immer geheimnisvoller. Laoorde ging über die Straße und setzte sich an einen Tisch vor einem Kaffeehaus. Als sie an ihrem heißen Getränk schlürfte und dabei die Passanten beobachtete, fragte sie sich, warum die Hyperintelligenten nicht ganz offen Kontakt zu ihr aufnahmen – zum Beispiel hier, mitten im treibenden Leben?
Es herrschte viel Verkehr auf den Straßen, nicht zu vergleichen mit der Leere in Rebirth auf Suzuur. Erst jetzt fiel ihr auf, wie viele Ayindi sich unter den Menschen befanden. Wie hatte sie die Riesen bisher übersehen können? Wo war sie mit ihren Gedanken gewesen?
Plötzlich fühlte sie sich beobachtet. Ein junger Mann trat von hinten an sie heran und fragte, ob er sich zu ihr setzen dürfe. Sie nickte freundlich und beobachtete ihn, als er sich ein Getränk und etwas zu essen bestellte. Er war sympathisch, vielleicht zwei oder drei Jahre älter als sie – und hyperintelligent.
Sie spürte es so deutlich, wie sie eine Suzuur-Wildrose an ihrem Geruch erkannte. Der Hyperintelligente trug einen beigefarbenen Overall wie aus Seide. Er war fast zwei Meter groß und schlank. Seine gepflegten feingliedrigen Hände ließen darauf schließen, daß er keiner köperlichen Arbeit nachzugehen schien. Die Bedienung des Kaffeehauses schien ihn zu kennen, ebenso einige Gäste, denn sie grüßten lächelnd herüber. Andere wiederum zahlten und gingen hektisch davon.

»Das ist so mit uns«, sagte der Mann übergangslos. »Du wirst dich daran gewöhnen, Laoorde. Sie meinen es nicht wirklich böse, sie sind nur verunsichert. Sie empfinden uns als eine Art Bedrohung.«
»Und seid ihr das nicht?« fragte sie. »Äh ...«
»Juffer«, stellte er sich ihr vor. »Marc Juffer. Ich bin auch erst seit einigen Monaten wieder in meiner Geburtsstadt. Wie gefällt es dir hier bei uns?«
Er war so anders, so freundlich. Laoorde lachte. Vielleicht hatte sie nur die falschen Ansprechpartner gehabt. Vielleicht waren die meisten, die *wirklichen* Hyperintelligenten so wie dieser Marc Juffer.
»Wir stellen keine Gefahr dar«, beantwortete Juffer ihre Frage. »Natürlich verfolgen wir unsere eigenen Ziele. Aber diese sind nicht gegen die Allgemeinheit gerichtet.«
»Und welche Ziele sind das?« erkundigte sie sich.
Er lachte kurz.
»Hat man dich noch nicht kontaktiert? Demago, meine ich.«
»Ich habe vorhin mit ihm gesprochen und mich mit ihm verabredet.«
»Das dachte ich mir. Du wirst überrascht sein, Laoorde. Einzeln sind wir stark, aber zusammen eine Macht. Nimm dies nur als gutgemeinte Warnung, bevor du erschrickst. Das Kollektiv ist das, worauf es ankommt. Wir haben Jahre gebraucht, um uns über unsere Bestimmung klarzuwerden. Nun wissen wir, wozu wir geboren wurden.«
»So?« fragte sie. Plötzlich war er ihr nicht mehr ganz so sympathisch. »Und wozu?«
Er nahm ihre Hand, als würden sie sich jahrelang kennen, und drückte sie ganz leicht. Trotzdem war es ihr, als ströme ein elektrischer Impuls durch ihren Körper – ein Prickeln, nicht unangenehm. »Laoorde, verzeih mir. Ich

mußte dich fühlen. Ja, du bist eine von uns. Ich will und darf Demago nicht vorgreifen. Er wird dir alles erklären.«

Sie zog die Hand nicht zurück, zu ihrer eigenen Verwunderung. Sie sah ihm in die dunklen, sanften Augen und hörte sich fragen: »Wirst du heute abend auch dabeisein?«
»Nicht körperlich«, antwortete er. »Leider. Aber in gewisser Weise schon. Wir sind alle zusammen, Laoorde. Habe keine Angst. Wir gehören zusammen, so wie die Hyperintelligenten auf Nachtschatten II und bei den Barrayd. Ich bin sehr froh, daß du zu uns gefunden hast.«
»Ja«, hörte sie sich langsam sagen. »Und ich bin froh, daß wir uns begegnet sind. Vielleicht wäre ich sonst heute abend nicht zu dem Treffen gefahren.«
»Du wirst kommen«, sagte Marc Juffer sanft und drückte noch einmal ihre Hand. »Mir zuliebe. Du würdest wirklich etwas versäumen.«

11

Demago

Laoorde brauchte nicht lange zu warten. Pünktlich um achtzehn Uhr landete an diesem Abend der hellblaue Gleiter mit dem aufgesprühten Galaxiensymbol vor ihrem Hotel. Sie war bereit für einen vielleicht schweren Gang. Der Gedanke, sich einem Kollektiv stellen zu müssen, um am Ende womöglich von ihm einverleibt zu werden, stieß sie ab. Aber immer wenn sie diesen Widerwillen spürte, sah sie Marc Juffers nettes Gesicht vor sich und fühlte wieder den warmen Schauer, der ihr bei seiner Berührung durch Mark und Bein gelaufen war. Sie hatte ein schlechtes Gewissen Kreiner gegenüber. Wie mochte es ihm auf Suzuur jetzt gehen? Und ihren Eltern? Zürnten sie ihr, oder hatten sie ihr vergeben? Hatten sie große Angst um sie? Dachte Kreiner jetzt an sie, oder hatte er eine neue Freundin gefunden?

Sie konnte und wollte es sich nicht vorstellen.

Laoorde stieg in den Gleiter ein. Der Pilot grüßte sie freundlich, aber reserviert. Es war kein anderer als Harm Soggestin.

»Es hat wohl keinen Zweck zu fragen, wohin wir fliegen?« sagte sie trotzdem.

»So ist es«, bestätigte er, wortkarg wie gewohnt. »Demago erwartet uns.«

Der Gleiter gewann immer noch an Höhe. Sie verließen das Stadtgebiet. Laoorde konnte nicht sagen, wohin es ging; ihr fehlten die Orientierungspunkte. Eines wußte sie jedoch, sie flogen nach Westen.

»Ich habe nicht das Gefühl, daß wir beide Freunde werden könnten«, sagte sie. »Bist du immer so gesprächig? Dann wundert es mich nicht, daß ihr hier zum Teil auf Ablehnung stoßt.«

»Das spielt für uns keine Rolle«, antwortete Soggestin.

Nach einer halben Stunde setzte der Gleiter zur Landung an. Laoorde konnte weit und breit keine Gebäude erkennen. Unter ihnen befanden sich nur Wald und eine kleine Lichtung. Der Pilot hielt den Gleiter so lange in der Luft, bis sich unter ihnen der Boden sternförmig teilte und ein rund fünfzig Meter durchmessender Schacht frei wurde. Der Gleiter sank hinein. Über ihm schloß sich die Öffnung wieder. Zunächst war es dunkel. Kurz darauf flammten unsichtbare Scheinwerfer auf, die den Schacht in weißes Licht badeten. Ungefähr zweihundert, vielleicht auch dreihundert Meter tief setzte der Gleiter endlich am Boden auf. Der Schacht über ihnen wurde wieder dunkel, die direkte Umgebung hingegen war taghell erleuchtet.

»Wir befinden uns hier in einer ehemaligen unterirdischen Forschungsstation der Ayindi«, bemühte sich Soggestin um eine Erklärung. »Hier sollten neue Waffen gegen die Abruse entwickelt und getestet werden. Die Sporen, die hier gezüchtet worden waren, sind von den Ayindi vor über zwanzig Jahren abgetötet worden. Es besteht demnach keinerlei Gefahr für uns. Sie haben die Station aufgegeben und uns überlassen.«

Das war für Soggestin eine unerhört lange Erklärung gewesen. Laoorde seufzte und fragte: »Hättet ihr das Treffen nicht an einem freundlicheren Ort stattfinden lassen können? Oder wollt ihr mir Angst einjagen?«

»Das sicherlich nicht«, erklang eine Stimme wie aus dem Nichts. »Willkommen an einem unserer Treffpunkte, Laoorde. Du wirst später verstehen, daß wir auf diese Ausweichpunkte nicht völlig verzichten können. Die

Menschen sind neugierig. Du hast ja gemerkt, welches Mißtrauen sie uns entgegenbringen.« *Bestimmt nicht zu Unrecht*, dachte Laoorde, als sie ausstieg. *Wer nichts Böses im Schilde führt, braucht sich auch nicht zu verstecken.*

Sie folgte Soggestin durch eine Schleuse und mehrere Gänge, bis sie einen runden Raum betraten, in dessen Mitte ein hufeisenförmiger, großer Tisch stand. Von der Decke flutete indirektes Licht herab. Am Tisch saßen etwa zwanzig junge Männer und Frauen, gekleidet in normale Kombinationen. An einem der Kopfenden sah sie ihn. Seine Gestalt war verhüllt, doch Laoorde wußte sofort, daß es Demago war.

Sie spürte die Anwesenheit der anderen so, als wären sie doppelt im Raum. Es war ein vorsichtiges, neugieriges Tasten. Nur von Demago am Kopfende nahm sie nichts wahr, ebensowenig wie von Soggestin.

Laoorde beschloß, sich vorerst passiv zu verhalten. Vielleicht wurde von ihr erwartet, daß sie sich »öffnete«. Damit, falls überhaupt, wollte sie so lange warten, bis sie Gewißheit darüber hatte, was hier unten ablief. Deshalb bemühte sie sich, alle geistigen Annäherungsversuche abzublocken. Sie hatte das noch nie tun müssen. Ihr fehlte jegliche Übung. Sie versuchte einfach, in sich selbst Mauern aufzurichten.

Mitten in der Aussparung des »Hufeisens« stand ein Sessel. Der Vermummte am Kopfende der Runde bedeutete ihr mit einer Geste, sich dort hineinzusetzen. Laoorde tat es. Im Moment konnte sie sich gar nicht anders verhalten. Sie kam sich vor wie eine Gefangene, die zum Verhör geführt worden war.

»Ich bin Demago«, sagte die Gestalt. Seine Stimme klang ganz anders als am Telekom. »Ich weiß, wie du dich jetzt

fühlen mußt, Laoorde. Ich werde die Haube auf meinem Kopf abnehmen, sobald wir wissen, daß du dich zu uns bekennst. Keine Angst, es wird deine freie Entscheidung sein. Niemand hier will dich zu etwas zwingen. Solltest du dich gegen uns entscheiden, dann wird dich Harm Soggestin in die Stadt zurückfliegen. Alles wird so sein, als wären wir uns niemals begegnet.«
»Das hört sich gut an«, sagte Laoorde mit belegter Stimme.

»Ich freue mich, daß du das sagst. Zuerst zu mir, damit du deine Scheu verlierst. Der Demago ist immer der Sprecher der Gruppe, die Manifestation. Ich verkünde also alles, was ich dir sage, im Sinne und nach dem Willen der Gruppe.«
»Also aller Hyperintelligenten?« unterbrach sie ihn.
»Aller. Keiner von uns ist allein, niemand lebt einzeln. Wir hatten über zwanzig Jahre Zeit, um zueinanderzufinden. Und egal, wo der eine oder andere lebt oder sich aufhält – wir halten immer Kontakt. Am Anfang tut man sich noch schwer, aber du wirst sehen, es kommt von ganz alleine.«
Marc Juffers Worte fielen ihr ein, aber auch wieder die von Belle Constanza. Der Zirkel. Es gab ihn also.
»Und ihr möchtet, daß ich zu euch gehöre«, stellte sie fest. Sie nickte. »Deshalb bin ich nach Sainor gekommen – um euch kennenzulernen und zu erfahren, wer ich selbst bin. Was sind wir also? Sagt es mir, damit ich mich entscheiden kann. Haben wir gemeinsame Ziele? Plant ihr eine Verschwörung? Wollt ihr Sainor verlassen? Oder steckt hinter der Geheimnistuerei etwas, das ich mir überhaupt nicht vorstellen kann – und vielleicht gar nicht will?«
Unter der dunklen Kapuze, die Demago trug, schallte ein Lachen hervor.

»Nichts von alledem, Laoorde. Du weißt, daß unsere Eltern von ES auf den drei Planeten des Arresums abgesetzt worden sind, auf denen die Nocturnenstöcke niedergegangen waren. Du kennst den Plan der Superintelligenz, daß die Menschen das Arresum wieder mit Leben erfüllen sollen. Und genau darum wurden wir geboren. Es ist unsere Aufgabe, dieser Entwicklung einen mächtigen Schub zu geben. Wenn wir uns alle zusammentun, können wir – wie sagen unsere Eltern? – Berge versetzen. Zunächst waren wir nur Wunderkinder. Dann aber haben wir festgestellt, daß wir unsere Vitalenergie gegenseitig verstärken, bis zu einem Ausmaß, das wir noch gar nicht genau kennen. Diese dürfte jedoch ähnlich der der Nocturnen sein. Wir haben eine Aufgabe, Laoorde. Wir sind aus dem Bauch der Superintelligenz heraus geboren worden, um das Arresum von den Überbleibseln der Abruse zu reinigen. Wir sind ins Arresum hineingeboren worden, um die abrusischen Strukturen aufzulösen und den Nährboden für die Lebenskeime zu schaffen, die unseren Eltern angehaftet haben und es immer noch tun. Dieser großartige Plan ist es, in den auch du gehörst. Oder bist du anderer Meinung?«
»Nein«, mußte sie zugeben. »Es ist nur ... alles so neu für mich. Ja, ich kann euch spüren, obwohl ich keine Mutantin bin.«
»Es ist das Besondere an uns«, stellte Demago fest. »Das, was uns ES mitgegeben hat. Es sind nur wenige von uns geboren worden. Wir bekommen keinen Zuwachs mehr, wir sind die erste und letzte Generation der Hyperintelligenten. Das schweißt uns zusammen, das macht uns unseren Auftrag klar. Wir müssen zusammenwachsen und einen geistigen Block aus uns allen bilden, Laoorde. Bist du dazu bereit?«
Sie zögerte. Das Gehörte war wie eine Woge, die sie überschwemmt hatte. Innerlich war sie von einem Fieber erfüllt,

wie sie es noch nicht gekannt hatte.
Alle Blicke waren auf sie gerichtet, sie fühlte Wärme, Verständnis, Verbundenheit. Nur von Demago und Soggestin war auch jetzt noch nichts wahrzunehmen. Es war, als existierten die beiden überhaupt nicht auf der geistigen Ebene, die sie alle verband.
»Ich unterstütze den Plan«, hörte sie sich dann endlich sagen. »Wenn es der Wille von ES und das Beste für das Arresum ist, bin ich dabei.«
Es war der Zauber des Augenblicks, die Ahnung einer großen Vision, die sie das sagen ließen. Demago nickte zufrieden, und die übrigen im Raum klatschten Beifall. Einige lächelten, andere behielten ihre ernsten Gesichter. Auch im Zirkel gab es die unterschiedlichsten Charaktere.

»Dann sollst du mich jetzt unverhüllt sehen«, sagte Demago und fuhr mit beiden Händen an seine Kapuze. »Ich bin dir dankbar für deinen Entschluß und begrüße dich als eine von uns. Im ersten Moment wirst du erschrecken. Denke an das, was ich dir gesagt habe. Ich bin die Manifestation der Gruppe ...«
Mit diesen abschließenden Worten nahm er die Kapuze ab.

Als Soggestin sie vor dem Hotel absetzte, war Laoorde noch wie benommen. Nach einigem Zögern fragte sie: »Er ist ein Mutant, nicht wahr?«
»Der einzige«, antwortete er. »Der einzige positive Mutant, den ES in den Genen unserer Eltern programmiert hat.«
»Aber dich kann ich auch nicht spüren«, sagte sie.
»Nein«, lautete seine einsilbige Antwort. Er drehte den Kopf nach vorne zum Zeichen, daß er auf ihr Aussteigen wartete. Wütend tat sie ihm den Gefallen. Sie sah dem hellblauen

Gleiter nach, als er senkrecht in die Luft stieg und dann in Richtung Stadtzentrum beschleunigte. Sie betrat das Hotel, ging nach oben und orderte erst einmal einen starken Kaffee von ihrem Zimmersyntron.
Soggestin! Sie hätte ihn hassen können. Doch er gehörte zu ihnen, und die anderen schienen ihn zu akzeptieren. Es mußte einen Grund geben, daß er so ablehnend war.
Aber was immer dahintersteckte – es war nichts gegen Demago. Der Schock, obwohl er sie vorzubereiten versucht hatte, saß ihr noch immer in den Knochen. Ja, er hatte recht gehabt: Er *war* die Manifestation der Hyperintelligenten. Aber war er auch ihr Anführer, falls es so etwas bei ihnen gab? Als er die Kapuze heruntergezogen hatte, wurde Laoorde für einen Moment schwindlig und drohte von ihrem Stuhl zu fallen. Sie hatte sich an den Lehnen festgeklammert und einen heiseren Schrei ausgestoßen. *Das* hatte sie nicht erwartet!
Sein Gesicht begann, nach zwei, drei Sekunden zu verschwimmen. Es nahm immer wieder neue Züge an, sie vermengten sich regelrecht miteinander. Es waren immer neue Gesichter, von immer neuen jungen Menschen, Männern und Frauen, und sie wechselten so rasch wie das Bild in einem Stroboskop. Endlich beruhigte sich Demagos Antlitz. Nun sah sie einen hellblonden Jüngling mit großen blauen Augen, feingeschnittener Nase und einem schmalen, kleinen Mund. Dieser Fremde hatte zu ihr gesprochen. Das wußte sie. Seltsam war nur, daß sie nicht mehr wußte, *was* er ihr gesagt hatte.
Laoorde tastete sich am Servo noch einen Kaffee. Einige Dinge waren ihr gänzlich unklar, andere diffus. Erst allmählich begriff sie die Bedeutung dessen, was vor ihr lag. Das schlimmste für sie war, daß sie wahrscheinlich nie wieder

nach Suzuur zurückkehren konnte – oder jedenfalls nicht auf absehbare Zeit. Jedenfalls wußte sie nun, wer sie war: Teil dieser einzigartigen Gemeinschaft, Teil eines Planes von ES. Sie würde geistig in der Gemeinschaft aufgehen und mit ihrer Lebensenergie helfen, das Arresum für die Menschheit und anderes intelligentes Leben zurückzuerobern.
Sie würde ihre Eltern, Kreiner und all die anderen vielleicht niemals wiedersehen, aber sie würde ihnen in gewissem Sinne den Weg bereiten, ihre Lebenssamen in dieses Weltall zu tragen, wo bisher noch kein Leben möglich war. Vielleicht begannen sie damit auf dem Mars.
Demagos Pläne waren ihr im einzelnen natürlich nicht bekannt. Sie hatte zunächst nur an einer Versammlung teilgenommen, die extra wegen ihr stattgefunden hatte. Sie hatte noch als einzige in dem Zirkel gefehlt. Nun waren die Hyperintelligenten komplett, und der Ultimate Schritt konnte in Angriff genommen werden.
Der Ultimate Schritt?
Woher hatte Laoorde plötzlich diesen Gedanken her? Sie hatte ihn niemals zuvor gehört. Dennoch erschien er ihr merkwürdig vertraut, wenn sie auch nicht die blasseste Ahnung hatte, was damit gemeint war.

Der Gedanke war ihr nicht ganz geheuer. Sie beschloß, etwas zu essen und danach zu Bett zu gehen. Inzwischen war es spät genug. Plötzlich aber hielt sie inne. Da war etwas. Sie lauschte in sich hinein und erschrak zunächst, dann nickte sie langsam.
Einer von ihnen war unten im Hotel. Er wartete dort auf sie. Sie spürte nur seine Anwesenheit und daß er an sie dachte. Etwas an diesem Gefühl kam ihr bekannt vor. Es war auf keinen Fall Harm Soggestin. Eher ...

Laoorde ging in die Hygienezelle, stellte sich vor die Spiegelwand und erfrischte sich im Gesicht. Dann brachte sie ihre Haare in Ordnung und nickte sich selbst Mut zu.
»Du bist du«, sagte sie zu ihrem Spiegelbild. »Und nur du entscheidest über deine Zukunft. Niemand kann dir etwas tun. Kopf hoch, altes Mädchen. Zeigen wir uns von der besten Seite.«
Sie ließ sich vom Antigrav-Lift hinuntertragen und ging zielsicher in die Hotelbar. Ebenso sicher fand sie Marc Juffer, der an einem kleinen, runden Tisch auf sie wartete.
Als sie Platz genommen hatte, bestellte er ihr einen Drink. Marc erhob feierlich sein Glas und prostete ihr zu.
»Auf dich, Laoorde«, sagte er, »und darauf, daß du die richtige Entscheidung getroffen hast. Wie ich sehe, hast du den Schock gut weggesteckt.«
Sie trank ihm zu und setzte ihr Glas ab. Im Hintergrund lief leise elektronische Musik.
»Welchen Schock?« fragte sie dann. »Du meinst Demago und sein Gesichterspiel? Es war beeindruckend, gebe ich zu. Was wäre gewesen, wenn ich mich anders entschieden hätte?«
»Für uns wäre es nur eine leichte Schwächung gewesen«, beantwortete er ihre Frage ehrlich. »Du aber hättest nie erfahren, warum du anders bist als die anderen, dein ganzes Leben lang. Du wärst immer mehr zu einer Fremden geworden und hättest die große Chance vertan, dich mit deinesgleichen zu vereinen.« Er streckte ihr seine Hand mit gespreizten Fingern entgegen. Sie verstand die Geste und tat das gleiche, bis sich ihre Fingerspitzen berührten und sie wieder dieses angenehme Prickeln spürte. Es war, als würde sie sich körperlich und geistig mit ihm verbinden. Diese Erfahrung hatte sie mit Kreiner noch nicht gemacht. »Ich bin glücklich, daß

du bei uns bist, Laoorde.«
»Ich weiß es noch nicht«, meinte sie offen und kämpfte gegen den Wunsch an, etwas ganz anderes zu sagen.
»Doch, du weißt es«, entgegnete er. »Du hast nur einfach noch zu viele Fragen, und du denkst an deine Leute auf deinem Planeten. Diesen Kummer kann ich dir nicht abnehmen, Laoorde, aber ich kann dir vielleicht einige Fragen beantworten. Also, was möchtest du noch wissen?«
Sie zog ihre Hand zurück und holte tief Luft. Es war, als stürze sie von weit oben auf einen harten, kalten Boden.
»Nun gut, Marc«, formulierte sie langsam. Ihre Gedanken schienen zäh durch ihr Gehirn zu fließen. Sie war irritiert und erkannte, daß sie der Fingerkontakt mehr als nur elektrisiert hatte. Sie wollte dieses Gefühl wieder erleben. Während sie sprach, dachte sie fast an nichts anderes. Sie mußte sich stark konzentrieren und vermied es, ihm in die Augen zu sehen. »Marc, wer ist Demago? Ich kann mir nicht vorstellen, daß Demago der Name eines Menschen ist. Von Soggestin weiß ich, daß er ein Mutant ist. Wie aber heißt er wirklich?« »Das hat dir Soggestin gesagt?« wunderte sich Juffer. »Dann muß er sehr viel von dir halten.«
»Soggestin? Von mir? Er redet doch kaum ein Wort.«
»Er redet normalerweise nie«, erklärte Marc Juffer. »Harm Soggestin hatte keine so leichte Kindheit wie die meisten von uns, Laoorde. Seine Eltern sahen in seiner Intelligenz eine Bestrafung. Sie versteckten und mißhandelten ihn. Für jedes Wort, das er sagte, wurde er bestraft. Das ist der Grund, weshalb er so hart zu sich selbst und den anderen ist. Und deshalb hat Drak Hassar ihn vielleicht zu seinem engsten Vertrauten gemacht, zu seiner rechten Hand.«
»Drak Hassar?« fragte Laoorde. »Heißt er so?«
»Hassar ist Demago, ja«, bestätigte Juffer. »Drak Hassar ist

der Mann, und Demago ist, was er darstellt.«
»Den Willen und die Ansichten aller Hyperintelligenten«, sagte Laoorde.
»Genau das. Man kann sagen, beides fokussiert sich in ihm, deshalb auch die Gesichter. Hast du meines nicht erkannt? Nein, es ging sicher alles zu schnell.«
»Ja«, sagte sie. »Viel zu schnell.« Sie blickte ihm endlich wieder in die Augen. »Marc, was ist der Ultimate Schritt?«
Er tat erst gar nicht so, als handle es sich um ein Geheimnis, sondern antwortete sofort: »Es ist der Schritt, den wir tun müssen, um zu jener großen geistigen Einheit zu verschmelzen, die unsere Lebensenergie in sich um mindestens ein Hundertfaches potenziert. Wir werden diese geistige Einheit auf die Reise in abrusisches Niemandsland schicken und viele neue Inseln des Lebens erschaffen – zuerst auf dem Mars. Was gibt es Schöneres, als dem Leben diesen Pfad zu ebnen? Unseren Vätern und Müttern, unseren Freunden und Geschwistern?«
Er sprach mit so viel ehrlicher Überzeugungskraft, daß ihre Zweifel plötzlich wie weggefegt waren.
»Ja«, sagte sie leise. »Es ist etwas Großes, etwas Erhabenes ...«
»Und wir beide werden daran teilhaben. Wir alle wollen es, und deshalb will Demago es. In ihm sind alle Wünsche und Vorstellungen von uns kanalisiert. Vertraue ihm, wie ich es tue. Wir werden uns geistig vereinen und unseren vorbestimmten Weg gehen, als Speerspitze der Menschheit. Und wenn wir unsere Aufgabe erfüllt haben, werden wir mit unseren normalen Mitmenschen Seite an Seite ins Universum gehen. Laß uns darauf trinken.«
Laoorde nahm einen großen Schluck. Dann sagte Marc Juffer, daß es Zeit für ihn sei zu gehen. Sie begleitete ihn bis zum Ausgang des Hotels, doch als sie durch die Struktur-

schleuse traten, fühlte sie sofort die Veränderung, die mit ihm vorging.
Draußen regnete, blitzte und donnerte es. Noch bevor Marc es sich versah, war er naß bis auf die Haut. Die Sainorer hatten ihr Wetter anscheinend noch längst nicht unter Kontrolle. Ein heftiges Gewitter ging über der Stadt Shavann nieder.
»Du hast Angst«, stellte Laoorde überrascht fest und erinnerte sich an die Unwetter, die sie auf Suzuur erlebt hatte. Sie nahm seine Hand und spürte, daß er zitterte – diesmal nicht mehr als das. Marc Juffer schien vollkommen im Bann des Unwetters zu stehen und auf nichts anderes reagieren zu können.
»Immer schon«, hörte sie ihn mit heiserer Stimme sagen. »Solange ich zurückdenken kann. Ich habe Todesangst ...«
Ihre Antwort kam spontan, ohne zu überlegen.
»Dann komm mit mir, in meine Suite. Das macht mir nichts aus. «
Er zögerte, schließlich zog sie ihn einfach mit.
Als sie zusammen ihre Räume betraten, streifte sie ihm wortlos die nassen Kleider ab, dann zog sie ihre Sachen aus. Es geschah, als hätte es immer so kommen müssen. Als sie eng aneinandergeschmiegt auf das breite Bett sanken, dachte Laoorde, innerlich verbrennen zu müssen.
Marc war im ersten Moment kalt wie ein Eisklotz gewesen, immer noch erfüllt von der panischen Angst vor dem Gewitter. Dann taute er auf, er fühlte ihre Berührung. Körper an Körper gepreßt, lagen sie auf den zurückgeschlagenen Laken, gaben sich Küsse wie elektrische Schocks. Und Laoorde begriff endgültig, daß das, was sie bisher sexuell erlebt hatte, ihr niemals diese Erfüllung gebracht hatte.
Sie hatte manchmal das Gefühl, sterben zu müssen. Die Vereinigung mit Marc Juffer war perfekt, allumfassend,

unbegreiflich. Und sie spürte, daß er das genauso empfand. Es gab keine Schranken mehr zwischen ihnen. Sie waren eins geworden, und als Laoorde spät in der Nacht etwas zu trinken besorgte, fragte sie:
»Werde ich das gleiche spüren, wenn wir den großen Geistesblock bilden, Marc? Falls ja, würde ich das nicht überleben.«
Er sah sie liebevoll an, schlürfte am Saft und schüttelte den Kopf. »Es wird garantiert nicht so sein, Laoorde. Denn erstens ist die Vereinigung nur geistig, während unsere Körper zurückbleiben und auf uns warten, und zweitens ...«
»Zweitens?« fragte sie.
»Zweitens war ich in dich von dem Moment an, als wir uns begegneten, verliebt.«
Jetzt mußte sie zugeben, daß sie das gleiche von sich behaupten konnte.

12

Der Ultimate Schritt

Sie schreckte aus ihrem Schlaf auf, obwohl sie erst wenige Stunden gelegen hatte. Es war früh am Morgen. Nachdem Marc Juffer gegangen war, hatte sie die Verdunkelung der Fenster wieder aufgehoben. Die Sonne Gurrain schickte bereits ihre ersten Strahlen über den Horizont, die Luft war klar, der Himmel wolkenlos.

Der Ultimate Schritt, warte ...

Was war das? Es entstand mitten in ihrem Kopf. Und dann wieder:

Der Ultimate Schritt, sei bereit ...

»Verdammt!« fluchte Laoorde, als sie sich aus dem Bett schwang. Sie wußte, daß sie etwas von den Hyperintelligenten empfing, vielleicht von Demago persönlich.

Es folgte nichts mehr. Es war wie eine Art psionischer Wecker gewesen. Und Psi beherrschte, nach Harm Soggestins Aussage, nur Demago. Also was sollte das? Ein Weckruf, der garantieren sollte, daß alle Hyperintelligenten auf Sainor sich jederzeit bereit zu halten hatten, um einem geheimen Signal zu folgen?

Laoorde zog sich an und frühstückte. Schlafen konnte sie jetzt nicht mehr. Zuviel ging ihr durch den Kopf. Die Nacht mit Marc Juffer. Die Erinnerung an den unterirdischen Treffpunkt, an Demago, an Soggestin. Und natürlich immer wieder die Gedanken an ihr Zuhause, die Eltern und ...

Kreiner ...

Er tat ihr unendlich leid. Sie hatte ihn betrogen. Sie hatte ihre gemeinsamen Tage und Nächte verraten. Aber sie wußte

auch, daß es keine Umkehr mehr gab. Kreiner und sie hatten sich gemocht, mehr sogar, aber es war in keinem Moment das gleiche gewesen wie zwischen Marc und ihr.
Jetzt erst fiel ihr auf, daß sie überhaupt nicht wußte, wo er in Shavann wohnte. Sie hatte ihn nie danach gefragt. Wo konnte sie ihn finden? Oder kam er wieder zu ihr? Heute abend? Was sollte sie bis dahin tun?
Sie besuchte die Constanzas und plauderte bis zum späten Nachmittag mit Belle. Major kam erst spät von seiner Arbeit in einer Erzförderungsanlage zurück. Danach schlenderte sie durch die Straßen von Shavann, sah sich in Geschäften neue Kombinationen an oder kaufte etwas von dem Schmuck, der aus den Gesteinen von Sainor gewonnen und verarbeitet worden war. Über die Bezahlung brauchte sie sich vorerst noch keine Gedanken zu machen. Sie wurde von der gleichen Quelle finanziert, die ihr auch das Hotel bezahlte.
Marc Juffer besuchte sie tatsächlich am Abend wieder im Hotel. Sie liebten sich leidenschaftlich, und später gab Marc auf ihre Frage zu, daß auch er den Impuls vernommen habe, er solle sich auf den Ultimaten Schritt vorbereiten.
»Es kann jetzt jeden Tag geschehen«, sagte er.
»Dann gehen wir gemeinsam, Laoorde. Ich werde dich abholen.«
Wohin, das sagte er nicht, er wußte es anscheinend selbst noch nicht. Aber er vertraute auf Demago, also tat sie es auch. Während der nächsten Tage ging sie zum Raumhafen und mietete sich einen Gleiter, um sich die Knollenäcker, die Getreidefelder, die Obstplantagen und die Weinberge anzusehen. Fast überall traf sie auf freundliche Menschen. Es tat ihr innerlich weh, eine imaginäre Grenze zwischen sich und ihnen zu sehen, aber sie tröstete sich mit dem Gedanken, daß das, was in den nächsten

Tagen stattfinden würde, auch in ihrem Sinn sei. Außerdem war es ja kein Abschied für immer.
Jeden Morgen wachte sie mit der gleichen Botschaft auf. Und dann, fast hatte sie sich schon daran gewöhnt, klang sie anders:

Der Ultimate Schritt steht bevor. Finde dich bei uns ein, komm zum Sammelpunkt. Der Ultimate Schritt steht bevor ...
Sie wußte jetzt seltsamerweise sofort, wo dieser Sammelpunkt lag. Sie stand auf und machte sich bereit. Marc hatte es nochmals versichert: Er wollte sie abholen, wenn es soweit sei. Also ließ sie sich hinabtragen und wartete vor dem Hotel auf ihn. Ihr Herz klopfte wie wild. Jetzt, da das Ungebreifliche anscheinend so kurz bevorstand, hatte sie Angst.
In der Ferne sah sie Marcs Gleiter heranschweben. Sie stieg ein, und sie verließen die Stadt Richtung Südosten, wo es gebirgiger wurde. Er landete schließlich in einem Tal zwischen hohen Bergen. Aus allen Richtungen kamen weitere Gleiter angeflogen, mindestens zehn waren schon gelandet.
»Was wird aus unseren Körpern, Marc?« fragte Laoorde, als sie aufsetzten und ausstiegen. »Können wir sie mitnehmen, oder bleiben sie wirklich zurück?«
»Das wird uns Demago erklären«, antwortete er. »Vertraue ihm. Unser aller Wille ist in ihm.«
»Und was willst du, in bezug auf deinen Körper?«
»Daß er in einem Stasisfeld zurückbleibt, wenn unser Geist auf Reisen geht«, antwortete er lächelnd. »So daß wir jederzeit wieder in ihn hineinschlüpfen können, wenn wir von unserer Mission zurückgekehrt sind.« Er nahm ihre Hand. Wieder das Prickeln, es schien nie aufzuhören. »Vertraue Demago«, wiederholte er, »denn er ist unser Wille.«

Hinter Büschen und Bäumen gut versteckt war der Schacht, der sie und die anderen nach unten brachte. Sie gingen zu einer weiteren geheimen Versammlungsstätte.
An drei großen langen Tischen fanden alle Anwesenden Platz. Demago saß auf einem kleinen Podest am Kopfende des mittleren Tisches und schwieg so lange, bis sich alle versammelt hatten.
»Jetzt endlich sind wir vollkommen«, sagte er dann. Diesmal verzichtete Drak Hassar auf das Defilee der Gesichter auf dem seinen. »Die Botschaft hat euch erreicht. Heute ist der Tag, um den Plan zu verwirklichen. Alle Voraussetzungen sind gegeben. Seid ihr bereit?«
Laoorde spürte Marc neben sich sitzen. Er war wie ein Anker, an dem sie sich festhalten konnte. Alles andere drohte ihr zu entschwimmen. Es ging wieder viel zu schnell.
»Was wird inzwischen aus unseren Körpern?« fragte sie laut. Fast erschrak sie vor der eigenen Courage. Aber es war aus ihr herausgeplatzt. Alle anderen drehten sich zu ihr um, sahen sie plötzlich an. Manche waren verwirrt, andere erbost über die Unterbrechung. Niemand schien sie wirklich zu verstehen. »Ich bin gern bereit, mich in ein Geisteskollektiv zu begeben, aber ich möchte deshalb meinen Körper nicht verlieren.«
Demagos Blick schien sie zu durchdringen.
»Körper!« sagte er dann. Es klang herablassend. »Was sind unsere Körper? Hüllen, die uns bisher das Leben ermöglicht haben, die Entwicklung unseres Geistes. Du wirst deinen Körper nicht vermissen, Laoorde, oder hängst du so sehr an ihm? Niemand hier wird seinen Körper vermissen, wenn wir auf die große Reise gehen. Ich weiß, was zwischen dir und Marc vorgefallen ist, aber ich sage euch:

Die Freuden des körperlosen Daseins werden noch tausendmal größer sein!«
Sie glaubte, keine Luft mehr zu bekommen. Heiser stieß sie hervor, während Marc ihre Hand nahm und sie zu beruhigen versuchte:
»Was wird aus den Körpern? Ich will eine klare Antwort haben, bevor ich mich in euer Kollektiv begebe! Sollen sie absterben?«
»Natürlich nicht, wenn es dich beruhigt«, sagte Drak Hassar alias Demago langsam. »Theoretisch sind sie überflüssig geworden, wenn es darum geht, unser Ziel zu erreichen. Aber sie bleiben wohlbehalten in einer Art Stasis zurück, und jedem von euch steht es frei, nach dem Ende unserer ersten Mission in sie zurückzuschlüpfen. Sind deine Zweifel damit beseitigt?«

»Haben wir dein Wort?«
»Selbstverständlich«, sagte er, jetzt leicht gereizt. »Mein Wort ist *eures*.«
»Dann ist es gut«, sagte Marc und drückte Laoordes Hand. »Wir sind bereit.«
Laoorde nickte, zuerst zögernd, dann noch einmal, bekräftigender. Sie sah, daß auch einige der anderen Erleichterung zeigten. Offenbar war dieser Punkt längst nicht allen von ihnen klar gewesen.
Dennoch blieb ein Rest Unbehagen in ihr zurück. Was sollte das heißen, es stand jedem frei, in seine Hülle zurückzukehren? Was war mit denen, die es nicht wollten?
»Laßt uns nun den Geistesblock bilden«, sagte Demago. »Der Zeitpunkt ist da. Nehmt euch alle bei den Händen. Duran und Erla, ihr stellt den Kontakt zwischen den Tischen her. Folgt mir in die geistige Welt.« Seine Stimme wurde

eindringlicher, fast schallend. Er sprach langsam und ruhig, seltsam monoton. Seine Augen waren geschlossen, und darum bat er nun auch die Anwesenden. Laoorde tat es. Ihre rechte Hand lag in der von Marc Juffer, die linke in der einer jungen Frau, deren Namen sie nicht kannte.
Sofort war der Kontakt da. Und er floß weiter. Zuerst war es wieder wie ein elektrisierender Strom, dann wurde es warm in ihrem Körper. Alles floß ineinander, die mentalen Energien von 120 Hyperintelligenten. Alles schwamm, kroch das Rückgrat hinauf ins Gehirn, füllte den Kopf aus, während Demago ruhig sprach. Seine Stimme war alles, was noch von der Außenwelt existierte. Auf sie konzentrierte sich Laoorde, und dann wisperten Stimmen in ihr, immer mehr. Nein – nicht *in* ihr. Sie sah eine leuchtende Kugel vor sich, eine Sphäre, in die sie mit den anderen Stimmen und Gedanken hineinströmte.
Sie hatte nicht geglaubt, daß dies wirklich möglich wäre. Marc Juffer war wie ein Funke neben ihr, ein energetischer Impuls, der mit ihr flog.

Es hatte begonnen, und es gab keinen Weg mehr zurück. Laoordes Geist strömte aus ihrem Körper, hinein in den Pool, in die Entität, die sie mit den anderen Hyperintelligenten um Demagos eindringliche, hypnotische Stimme herum bildete.

Laoorde war nur noch ein kleines Bruchstück der viel größeren geistigen Einheit, dennoch hatte sie ihre Identität behalten. Ihr Ich war nicht von der Gemeinschaft absorbiert worden, wie sie für einen schlimmen Moment befürchtet hatte. Sie konnte von sich als von ihr denken und registrieren, was um sie herum geschah.

Sie hörte die wispernden Stimmen der anderen, die körperlos in einer geistigen Ballung trieben wie die Atomteilchen um den Kern, die Planeten um ihre Sonne, die Sonnen um den Kern ihrer Galaxis. Und dieser Kern war in jedem Fall Demago. Er war Bezugspunkt, Zentrum und Beherrscher der geistigen Entität, die sich in einem Nirgendwo aufhielt. Sie konnte überall sein. Laoorde wußte nicht, welchen örtlichen Bezugspunkt es für sie noch geben sollte. Das Versteck? Den Planeten Sainor?

Zusammengehalten wurde die Entität wie durch die gravitatorischen Kräfte des Atoms, eines Sonnensystems, einer Galaxis. Alles kreiste um Demago, doch nichts entfernte oder verlor sich.

Das Gefühl, das Laoorde dabei durchströmte, war nicht zu beschreiben. So eng verbunden mit all diesen anderen menschlichen Geistern, ohne trennende körperliche Grenzen – sie hätte jauchzen können vor Glück. Doch sie besaß keine Stimme mehr. Das Geistesgebilde war noch chaotisch, Bewußtseine flogen als Funken hin und her, suchten ihren Platz in dem Ganzen. Und je mehr Ordnung hineinkam, ahnte Laoorde, je perfekter der Zusammenschluß wurde, desto größer würde auch noch das Glücksgefühl werden. Es war nicht vergleichbar mit dem, was sie je in ihrem Körper empfunden hatte – auch nicht während sie mit Marc verfloß. Es war anders, größer – aber noch nicht vollendet.

Sie hörte Demagos lautlose Stimme, pure Gedanken. Sie konnte, wenn sie sich auf sie konzentrierte, jetzt auch die Gedanken einzelner anderer aus dem Kollektiv herauslesen. Marc Juffer war ganz »nah« bei ihr. Zwischen ihnen baute sich eine Brücke auf, und Wärme floß zu ihr herüber.

Das Gefühl der Helligkeit wurde intensiver. Die Einheit stabilisierte, verdichtete sich, zog sich um Demago zusammen.

Der Mittelpunkt, das geistige Gravitationszentrum, der einzige Bezugspunkt für alle anderen.
Hört mich an! erfüllte seine geistige Stimme die Entität. *Wir haben es getan! Wir haben den Ultimaten Schritt getan und es vollbracht. Von heute an wird nichts mehr so sein wie früher! Wir haben damit begonnen, den großen Plan von ES zu realisieren! ES hat uns geboren – aus sich selbst heraus. Wir sind sein einziges Kind, weil wir eins geworden sind: Eine neue Intelligenz ist geboren – eine neue Superintelligenz! Wir werden über das Arresum herrschen, mit der Menschheit als unserem ersten und größten Hilfsvolk!*
Laoorde glaubte, ihren Sinnen nicht trauen zu dürfen. Sofort verflog ihre Euphorie, zerplatzten ihre Hoffnungen wie eine Seifenblase. Was redete er da? Auch von Marc Juffer und den übrigen kam Unverständnis auf. Jeder spürte jeden, und jeder las die Gefühle des anderen. Eine Superintelligenz! Daran hatte sie nie auch nur einen Gedanken zu verschwenden gewagt. Und nun sprach er offen davon. Und mehr noch:
Wir sind zum Herrschen bestimmt. Die Menschen werden unsere Diener sein oder untergehen. Wir werden ihnen eine Vorstellung von unserer Macht geben, indem wir den Mars von den abrusischen Strukturen befreien. Danach verkünden wir ihnen die neue Zeit! Wir sind ewig, wir sind alle unsterblich geworden!

Er mußte verrückt geworden sein. Laoorde kümmerte es nicht, daß ihre Gedanken wie ein aufgeschlagenes Buch vor allen anderen ausgebreitet waren. Sie empfing Bestürzung aus verschiedenen Richtungen, aber auch Zustimmung. Sie konzentrierte sich auf Demago und dachte intensiv:
Das darf niemals geschehen. Die Menschheit und wir, wir gehören zusammen. Wir sind ihre Kinder, nicht die von ES!

Die Menschheit braucht uns, und wir brauchen sie. Du bist größenwahnsinnig! Du willst herrschen! Du bist ein Monster. Und wir anderen – nur weil wir uns zusammenschließen konnten, sind wir noch längst keine Superintelligenz! Wir haben Begabungen, die wir aber nur in den Dienst der Menschheit stellen dürfen!
Sie dachte an Suzuur, an ihre Eltern und Bekannten. Sie hatte immer gespürt, daß sie anders war, aber das bedeutete doch nicht, daß sie über sie herrschen wollte. All die Ungleichungen fielen ihr ein. Und die Botschaft der Letzten der Staar. Jetzt schien dies alles einen Sinn zu ergeben. Sie gehörte nicht hier- und nicht dorthin. Niemals würde sie diesen Wahnsinn mittragen, den Demago proklamierte!
Schweig! vernahm sie schmerzhaft seine geistige, alles erfüllende Stimme. *Was weißt du von den kosmischen Zusammenhängen? Du bist als letzte zu uns gestoßen, nachdem du dein Leben auf einer unbedeutenden Welt verbracht hast. Ich ahnte, daß du noch nicht reif für uns bist!*
Dann laß mich gehen! erwiderte sie heftig. *Mich und alle, die bisher nicht wußten, was du tatsächlich vorhast! Wir kehren in unsere Körper zurück und sagen den Menschen die Wahrheit!*
In diesem Moment empfing sie zum allerersten mal Gedankenbilder von Harm Soggestin, der Demago im Gefüge des Geistesblocks wie eine Korona umgab. Und diese Bilder waren schrecklich. Sie ließen sie wünschen, nie geboren worden zu sein.
Sie sah die Halle mit den drei Tischen und ihren Körpern. Sie sah diese 120 Körper in sich zusammengesunken in ihren Stühlen sitzen, die Köpfe vornübergekippt. Keiner regte sich mehr.
Schnitt.

Sie sah, wie sich der Schacht in der Lichtung schloß und er hermetisch versiegelt wurde. Sie sah, wie die Gänge darunter durch Schotte ebenfalls hermetisch dichtgemacht wurden. Und sie sah die Öffnungen in den Wänden des Versammlungsraums, aus denen das Gas strömen sollte, das ihre Körper innerhalb von Sekunden abtötete.

Schnitt.

Sie sah, wie Harm Soggestin alles vorbereitet und programmiert hatte. Kein einziger von ihnen durfte dem Massenmord entkommen, den er auf Befehl des Demagos inszeniert hatte. So konnte niemand mehr die geistige Einheit verlassen, war für alle Ewigkeiten in ihr gefangen. Vielleicht dauerte es noch eine Stunde, bis die Gasdüsen zu zischen begannen, vielleicht auch nur noch Minuten ...

Laoorde hörte einen vielstimmigen psionischen Aufschrei. Die anderen hatten ihre Sinne ebenfalls auf Soggestin gerichtet gehabt und erfahren, was Demago ihnen zugedacht hatte. Laoorde reagierte instinktiv und strahlte Soggestins Gedankenbilder in den ganzen Geistesblock ab, bevor sie sich wieder an Demago wandte:

Wir wissen jetzt, was deine Worte wirklich bedeuten! Du bist nichts anderes als ein machtbesessener Verbrecher, aber wir sind mehr! Du magst Mutantenkräfte besitzen, aber du kannst dich niemals gegen uns alle durchsetzen! Wir wollen leben!

Ein unheimliches Gelächter erfüllte die Einheit, schien von einem zum anderen Ende des Universums zu reichen.

Du probst tatsächlich den Aufstand, Laoorde? hallte Demagos Stimme in ihrem Bewußtsein. Es war wie ein Gewittersturm, der jeden Widerstand hinwegblasen wollte. *Dann höre dich um! Wo ist deine Mehrheit? Ein Drittel von uns mag noch zu jung sein, um den großen Plan wirklich begriffen zu haben – so wie du. Die anderen aber sind erwachsen und trauern ihren Körpern nicht nach. Wir werden herrschen, ob es dir paßt oder nicht. Wir – werden – herrschen!* Die geistige Stimme war noch hypnotischer geworden als vorhin. Laoorde begriff in diesem Augenblick noch etwas:

Drak Hassar alias Demago war ein Hypno, ein Suggestor-Mutant. Gab man ihm nur lange genug Zeit, dann konnte er jeden so beeinflussen, wie er es wollte. Bei denen, die er zuerst um sich sammelte, hatte er das längst geschafft: Es waren diejenigen Hyperintelligenten, die für die Normalmenschen nur noch ein Naserümpfen übrig hatten. Vorher mochten sie ganz anders gewesen sein.

Bei denen, die später zur Gruppe gestoßen waren, hatte die Beeinflussung länger gedauert und war noch nicht vollkommen, deshalb der leise Widerstand, das Entsetzen, der Unglaube. Marc Juffer war ein Beispiel dafür.

Und nur weil er das genau wußte, hatte Demago eine Sicherheit in seinen Plan eingebaut – den Massentod aller Hyperintelligenten, vielmehr ihrer Körper, damit ihm ihr Geist für immer ausgeliefert war. Alles wurde jetzt durchsichtig. Und sie, Laoorde, war entschlossen, eher kämpfend von ihm vernichtet zu werden, als zu der Schar seiner willenlosen Jünger zu gehören.

Auch sie konnte andere überzeugen. Sie hatte es bewiesen, bei Devor Brack, bei Freund. Doch sie ahnte, daß dies hier weit schwieriger sein würde. Sie war bereit, jeden Kampf aufzunehmen.

Unser aller körperlicher Tod war von vorneherein beschlossen, sendete Laoorde an die Bewußtseine. *Wir können es noch verhindern, wenn wir uns alle einig sind! Denkt an eure*

Eltern, die euch geliebt und gepflegt haben! Denkt an eure Freunde. Denkt an den Dank, den ihr ihnen schuldet! Nur wer dabei nichts mehr empfinden kann, der ist verloren und hat kein besseres Los verdient. Hier ist meine Liebe für meine Eltern und Freunde – empfangt sie, vielleicht kann sie euch helfen. Nichts darf jemals zwischen uns und die Menschheit kommen. Wir sind nur ein kleiner Teil von ihr. Und bitte, beeilt euch. Jeden Moment kann das Gas ausströmen, um unsere Körper zu töten. Dann sind wir dem Ungeheuer Demago – oder Drak Hassar – für immer ausgeliefert!

Sie öffnete sich. Jeder konnte tief in sie hineinsehen, in ihre Vergangenheit, in ihre Gefühle. Sie empfing Verständnis, ja Zustimmung. Viel größer war aber die Ablehnung derjenigen, die von Demago geistig konditioniert und blind für alles waren. Es paßte nicht in ihr Denkschema.

Auf sie kam es an. Wenn es in diesem Kollektiv eine Entscheidung geben sollte, dann die einer großen Mehrheit gegen den Stärksten von ihnen, Demago. Laoorde versuchte verzweifelt, die Verkapselten zu erreichen. Aber diesmal, wie befürchtet, verpufften ihre eigenen, schwachen suggestorischen Kräfte.

Bemühe dich nicht! empfing sie Demagos Triumph. *Du mußt endlich begreifen, daß du nur ein Störenfried bist, auf den wir besser verzichtet hätten! Du willst in deinen Körper zurück? Du darfst es, Laoorde!*

Sie begriff nicht, was er meinte, bis sie seine Aufforderung an die anderen Bewußtseine empfing, sie aus ihrem Block auszustoßen, zurückzuschleudern in ihren sterblichen Leib, der nur noch kurze Zeit zu leben und keine Chance zu fliehen hatte. *Helft mir!* wandte sie sich verzweifelt an die Wankelmütigen und Verzweifelten. *Bildet mit mir eine Einheit! Kommt zu mir und kämpft gegen Demago!*

Sie spürte den Sog, der sie zu erfassen und aus dem Kollektiv hinauszuspülen drohte. Sie merkte aber auch, wie sich zuerst ein, dann zwei, drei und immer mehr Bewußtseine an sie klammerten. Sie hatten ihre Entscheidung getroffen, aber sie waren hoffnungslos unterlegen. Sie alle würden mit ihr sterben – erlöschen, als ob es sie niemals gegeben hätte.
Und die Sieger in diesem ungleichen geistigen Ringen würden sich als mentale Entität etablieren und die Menschheit versklaven, die ES ins Arresum gebracht hatte. Dies konnte niemals im Sinne der Superintelligenz gewesen sein.
Hilfe! schrie Laoorde, als sie davongerissen wurde. *Wer immer mich hören kann, helft uns!*
Sie glaubte nicht mehr daran. Sie wußte nicht, wo, wie und wann sie war, in welchem Pararaum sich die Entität manifestiert hatte. Als ihre wenigen Verbündeten, Marc und sie schon so gut wie aus dem Kollektiv gespült waren, geschah ein Wunder.
Es war wie ein Blitz, der in die Ballung menschlicher Geister hineinfuhr. Er kam buchstäblich aus heiterem Himmel. Er fuhr direkt in Demago hinein und löschte ihn aus, bevor das Monstrum überhaupt begriff, was geschah. Demago hatte keine Chance, sich zu wehren.
Für lange Momente herrschte totale Konfusion innerhalb des Blocks. Laoorde fühlte sich in die Entität zurückgleiten, und dann, urplötzlich, wußte sie, wer da über Abgründe von Zeit und Raum hinweg den Weg in die Sphäre hineingefunden hatte; wen sie mit ihrem verzweifelten Hilferuf erreicht hatte. *Wir sind die Letzten der Staar,* sagte eine millionenfach hallende Stimme. *Wir haben gewartet und beobachtet. Wir waren schon halb auf dem Weg in die Ewigkeit, als wir deinen Hilferuf empfingen, Laoorde. Wir wußten sofort, daß unser Zusammentreffen auf Moyod kein Zufall gewesen sein*

konnte, ebensowenig wie der Hypersturm. Wir wußten, daß dir von ES eine besondere Aufgabe zugeteilt worden war. Du allein konntest den Gegenpol zu Demago bilden. Fast wäre es zu spät gewesen. Wir konnten großes Unheil für das Arresum verhindern, und wir werden das gleiche noch auf Nachtschatten II und bei den Barrayd tun. Dann endlich können wir in die Ewigkeit gehen. Ihr aber seid frei. Kehrt zurück in eure Körper, sie leben noch. Ihr könnt die Katastrophe aus eigener Kraft verhindern. Lebe du wohl, Laoorde. Dies war leider unsere allerletzte Begegnung.

Lebt wohl, strömte es aus ihr heraus. *Und habt vielen Dank. Wir werden euch nie vergessen und das, was ihr für uns getan habt.*

Die Letzten der Staar wichen aus der Entität zurück, die bereits zu zerfallen begann. Immer mehr Bewußtseine fanden in ihre Körper zurück, sie flohen regelrecht. Jetzt, da Demago nicht mehr existierte, brach unter seinen eingeschworenen Anhängern die blanke Panik aus. Die Konditionierung war von ihnen abgefallen. Sie begriffen schlagartig, was sie getan hatten und wozu sie bereit gewesen waren. Laoorde appellierte an sie, sich sofort in die Körper zurückzubegeben. Nach und nach folgten sie ihr.

Sie wartete auf die letzten, Harm Soggestin und Marc Juffer. Marc war geblieben, um gemeinsam mit ihr zurückzukehren. Und Soggestin war nicht mehr er selbst. Er war zerstört. Er hatte so an Demago geglaubt wie kein anderer. Demago war für ihn Ersatz für die Eltern und die fehlenden Freunde gewesen. Harm Soggestin war in ein Schwarzes Loch gefallen, das seinen Geist zu verschlingen drohte.

Laoorde streckte ihm eine imaginäre Hand entgegen. Sie zog ihn geistig an sich, appellierte an ihn, daß er sich nicht aufgeben dürfe. Nur er konnte verhindern, daß ihre Körper getötet wurden. Nur er wußte genau, was er vorprogrammiert

hatte. Nur er konnte es rückgängig machen, wenn es noch nicht zu spät dazu war.
Endlich brach sein Widerstand zusammen. Er ließ sich von Laoorde und Marc Juffer aus der Sphäre ziehen, die nun endgültig verpuffte. Ihre Körper waren noch lebendig. Sie konnten in den versiegelten Raum zurückkehren.

13

Visionen

Harm Soggestin löschte seine früheren Befehle im Computer per Fernsteuerung. Sämtliche Schotte entriegelten sich, der Eingang der Halle öffnete sich. Soggestin lief hinaus und kehrte kurz darauf erschöpft zurück. Totenbleich ließ er sich in einen Sitz fallen.

»Viel hätte nicht mehr gefehlt«, sagte er, als ihn alle erwartungsvoll anstarrten. »Wir hatten ... unglaubliches Glück.«

Langsam löste sich die Anspannung bei ihm. Er legte das Gesicht in die Hände und begann, hemmungslos zu schluchzen. Laoorde berührte ihn mit ihren Händen sanft an seiner Schulter. Von Soggestin kam es kalt zu ihr herüber. Er war jetzt noch einsamer als vorher. Er hatte nichts mehr, an das er sich klammern konnte. Sie nahm sich vor zu versuchen, ihm einen neuen Halt zu geben. Er brauchte eine Aufgabe.

»Du hast uns alle gerettet, Harm«, sagte sie zu ihm. »Jeder von uns steht in deiner Schuld.«

»Ich wollte euch töten!« stieß er hervor. »Und fast hätte ich es geschafft.«

»Das warst nicht du, Harm. Du warst Drak Hassars Marionette.«

Er nahm seine Hände herunter und blickte sie ungläubig an. Seine Augen waren naß und ganz rot. Sie nickte ihm aufmunternd zu und steuerte ihren Sitzplatz an. Marc Juffer stand auf und umarmte sie. Sie fühlte seine Wärme und ließ sich für einen Augenblick von ihm halten.

Auch sie mußte erst einmal wieder Kraft tanken. Sie schloß ihre Augen ein paar Sekunden lang.

Der Rest der Gruppe, der bis eben noch in Panik durcheinandergelaufen war, hatte sich soweit beruhigt. Niemand sprach, aber Laoorde wußte, daß alle sie ansahen. Aus ihren Augen sprachen pure Ratlosigkeit und Schuldbewußtsein. Leider war es kein Traum gewesen, sondern unfaßbare Realität. Vielleicht konnten sie es wieder tun oder einige von ihnen. Ihr wurde ganz übel bei dem Gedanken daran.

»Nie wieder«, hörte sie sich in die beklommene Stille hinein sagen. »Niemals wieder dürfen wir so etwas versuchen. Wir dürfen nicht einmal daran denken, versteht ihr? Wenn die Staar, die das erste Intelligenzvolk des Arresums waren, nicht eingegriffen hätten, dann wären viele von uns jetzt tot. Tod und Verderben wären über die Menschheit hereingebrochen. Das darf niemals geschehen. Ihr habt alle erlebt, wozu wir im Kollektiv fähig sind. Deshalb darf es keine geheimen Zusammenkünfte mehr geben.«

»Du hast recht«, bestätigte eine junge Frau, die zu Demagos Anhängern gehört hatte. Sie hatte die Fingerspitzen gegen die Schläfen gepreßt. Viele der ehemaligen Konditionierten schienen unter starken Kopfschmerzen zu leiden. »Fast hätte unser Experiment in einer Katastrophe geendet. Wie konnte es nur so weit kommen? Wir sind intelligent, wir halten uns für *hyper*intelligent. Wir hätten es bemerken müssen, als Demago Macht über uns gewann.«

»Es geschah langsam und unterschwellig«, sagte Laoorde. »Ihr hattet keine Chance. Demago hätte gewonnen, wenn er mehr Geduld gehabt und gewartet hätte, bis er auch mich und diejenigen unter Kontrolle gehabt hätte, die erst kurz vor mir zu euch stießen. Dann hätte sich niemand mehr wehren können.«

»Und jetzt?« fragte Harm Soggestin. Er hatte sich offenbar wieder gefangen. »Was wird jetzt aus uns? Wie können wir

je wieder den Menschen unter die Augen treten?«
Sie nickte. Nicht nur er brauchte ein Ziel. Sie alle mußten sich einen Lebensinhalt suchen, der sie auf Dauer befriedigte, bevor der eine oder andere wieder auf gefährliche Gedanken kam.
»Niemand weiß etwas von dem, was heute hier vorgefallen ist«, sagte sie. »Davon gehe ich einmal aus. Und wenn wir alle schweigen, erfährt es auch niemand. Das müssen wir uns gegenseitig geloben. Wir werden dieses Versteck verlassen und dorthin zurückkehren, wo wir bisher gelebt haben. Ich weiß nicht, wer von euch in seiner bisherigen Existenz so etwas wie eine Erfüllung gesehen hat. Gibt es solche unter uns, dann sollen sie weiterleben wie bisher. Wer aber unzufrieden mit seinem Dasein war und es nur zur Tarnung führte, der kann sich überlegen, ob er nicht anderswo nötig gebraucht wird. Ich meine damit andere Planeten, auf denen menschliche Zivilisationen entstehen.«
»Du hast recht«, meldete sich ein bärtiger junger Mann, der es schon wieder fertigbrachte zu lächeln. »Wir müssen uns von der Vorstellung verabschieden, nur zusammen stark zu sein. Auch einzeln können wir viel ausrichten.«
Laorde nickte heftig.
»Wenn es kein Zufall war, daß wir geboren wurden, dann könnte das der Sinn sein, der dahintersteckt: unsere Brüder und Schwestern beim Aufbau der neuen Welten mit unseren Begabungen und unserer Intelligenz zu unterstützen. Wir brauchen keine geheimen Treffen, keine Organisation und keinen Führer. Jeder von uns ist stark genug, sich seine Bestimmung zu suchen. Ich weiß jetzt zum Beispiel, daß ich nach Suzuur zurückkehren werde.« Sie bemerkte, wie Marc Juffer neben ihr zusammenzuckte und sie ungläubig ansah.

Zu ihm flüsterte sie: »Was nicht unbedingt heißt, daß ich allein gehen werde.«
»Ich fliege mit dir«, flüsterte Marc in ihr Ohr. »Wenn du willst, bis ans Ende des Universums.«
Sie freute sich. Das Grauen schien allmählich von allen zu weichen. Langsam kamen die ersten Diskussionen in Gang: Vorstellungen von ihrer Zukunft im Weltraum.
Was würde aus Harm Soggestin? Besaß er die Kraft, sich allein seinen Weg zu suchen?
Ein Mann, der nie gelacht und kaum geredet hatte. Eine junge Frau, die neben ihm saß, stand auf und machte Laoorde Platz.
Laoorde wollte von ihm wissen: »Wovon verstehst du am meisten, Harm?«
Überrascht sah er zu ihr auf. »Von fünfdimensionaler Technik«, sagte er dann. »Von Triebwerken und von Computern. Von Kommunikation und von Energiegewinnung.«
»Das ist eine ganze Menge«, gab sie zu. »Solch einen Mann könnten wir auf Suzuur gut brauchen. Du würdest dort schnell Freunde finden – der erste wäre mein Vater, Rocchor. Er ist Kybernetiker.«
»Ist das ... dein Ernst?« fragte er ungläubig.
»Überlege es dir, Harm. Auf jeden Fall würde ich an deiner Stelle nicht hier auf Sainor bleiben. Hier gibt es zu viele schlechte Erinnerungen für dich.«
»Da hast du allerdings recht«, meinte er. Dann umarmte er sie und drückte sie für einen langen Moment fest an sich. »Marc Juffer wird wohl nichts dagegen haben können«, sagte er mit einem eigentümlichen Glanz in den Augen. Er winkte Marc über die Tische zu. »Ich hätte es verdient gehabt, daß ihr mich verstoßt, Laoorde. Womit habe ich

ein neues Leben verdient?«
»Du bist ein Mensch, der genug gelitten hat«, antwortete sie und erwiderte seine Umarmung. »Jetzt wird es Zeit für die glücklichen Jahre ...«

Sie verließen den Treffpunkt und verstreuten sich in alle Winde. Die meisten kehrten nach Shavann zurück. Sie hatten einander gelobt, nichts über das Geschehene zu sagen, keiner Menschenseele. Und Laoorde glaubte, daß sie sich daran halten würden, zumindest die nächste Zeit über. Sollte dann doch jemand seinen Mund nicht halten können, dann war zu erwarten, daß niemand ihm glaubte.
Drak Hassar hatte sich seit Jahren stets zurückgezogen in einer verlassenen Ayindi-Kaserne aufgehalten, vollkommen isoliert von den Menschen. Das hatte jetzt den Vorteil, daß niemand ihn vermissen und nach ihm fragen würde. Versorgt worden war er von seinem treuen Sklaven, Harm Soggestin.
Laoorde und Marc Juffer verbrachten den Rest des Tages in ihrem Hotelzimmer. Es war bereits wieder dunkel. Die beiden jungen Menschen hatten keinen Appetit, aber einen Riesendurst. Sie tranken viel Saft und Mineralwasser aus dem eigenen Sainor-Brunnen. Als sie schließlich auf ihrem Bett zusammenlagen, fragte Marc:
»Für uns hat sich trotz allem nichts geändert, oder? Ich weiß, daß du auf Suzuur einen Freund hast – oder hattest? Du hast im Schlaf von ihm geredet. Ich möchte mit dir gehen, aber darf ich in diese Beziehung einbrechen? Wäre ich bei euch nicht nur ein Störfaktor, ein Eindringling?«
Sie legte einen Finger auf seine Lippen und schüttelte leicht den Kopf.
»Kreiner wird immer mein Freund bleiben«, sagte sie leise, »und hoffentlich dein Freund werden. Laß das nur meine Sorge

sein. Er wird mich verstehen und eine Frau finden, die besser zu ihm paßt. Auch meine Eltern werden es verstehen. Die Frage ist, ob *du* damit einverstanden bist, daß Harm Soggestin uns vielleicht begleitet.«

»Wenn er nicht gerade bei uns wohnen muß ...«, antwortete er vielsagend.

Sie verstand. Der geistige Kontakt. Das gegenseitige Fühlen. Sie hatte sich darüber auch schon Gedanken gemacht. Auch sie wollte nicht, daß Soggestin etwa gefühlsmäßig mitbekam, wenn sie und Marc zusammen schliefen. Doch etwas hatte sie davon überzeugt, daß es nicht so sein würde. Unten im Treffpunkt. Sie hatte Soggestin genauso intensiv berührt wie Marc, als sie sich die Hände reichten. Aber es war nicht das gleiche gewesen. Sie hatte nur ein ganz leichtes Kribbeln gespürt.

»Ich weiß schon, wo wir wohnen werden«, überlegte sie. »Harm wird, falls er sich uns anschließt, mindestens einige hundert Kilometer entfernt sein, wenn nicht sogar auf der anderen Seite des Planeten sein Quartier aufschlagen.«

»Und wann brechen wir auf? Ich habe auch Angehörige, von denen ich mich verabschieden möchte.«

»Bitte nimm mich mit, ich möchte sie kennenlernen. Ich kümmere mich um das Beiboot, mit dem ich von Suzuur nach Moyod gekommen bin. Es müßte inzwischen wieder instand gesetzt sein. Jedenfalls weiß ich, daß es noch nicht wieder gestartet ist. Danach möchte auch ich von einigen Freunden Abschied nehmen. Wenn du willst, stelle ich dich gerne vor. Schaffen wir das alles in drei Tagen?«

»In drei Tagen«, sagte er selig. »Oder eher. Glaubst du, wir können uns auf das Schweigen unserer Artgenossen verlassen – und darauf, daß sie nicht doch wieder Dummheiten machen?« »Sie sind kuriert«, versicherte sie ihm. »Mich wundert, daß sie nach dem Schock nicht zusammengebrochen sind. Aber sie haben ihre Lehre erhalten. Nein, Marc. Sie haben gelernt und werden das Richtige tun. Sie wissen jetzt, was ihre wirkliche Bestimmung ist. Sie werden sich nach dem Willen von ES über das Arresum verteilen, zusammen mit der Menschheit, die ihre erste große Krise gemeistert hat, ohne überhaupt davon zu wissen. Jetzt steht ihr und ihren ayindischen und barraydschen Verbündeten dieses Universum wirklich offen.«

Drei Tage später standen sie in der kleinen Zentrale des Beiboots, dessen Überlichttriebwerk mit Hilfe der Ayindi ausgetauscht worden war. Sie hatten sich von allen Angehörigen und Freunden verabschiedet. Laoorde und Marc waren zuletzt bei den Constanzas gewesen und nahmen deren Grüße an Laoordes Eltern gerne mit.

Harm Soggestin war bei ihnen. Er wirkte lange nicht mehr so verkrampft wie früher. Seine Augen verrieten neuen Lebensmut, neues Entdeckerfieber. Laoorde bereute es nicht, ihm in einer spontanen Anwandlung das Mitkommen nach Suzuur angeboten zu haben.

Zuletzt hatten sich die drei von den anderen Hyperintelligenten geistig verabschiedet, indem sie, trotz aller anderen Vorsätze, noch einmal einen Dreierblock bildeten. Wer konnte schon wissen – vielleicht würden sich die einen oder anderen später noch einmal auf den Kreuzwegen des Kosmos wieder begegnen.

Von Nachtschatten II und aus der Barrayd-Enklave war zu hören, daß sich die Hyperintelligenten verändert hätten. Wie auf Sainor waren sie freundlicher geworden, zugänglicher als früher. Niemand konnte sich erklären, warum – und das war gut so.

Am Abend startete das Beiboot der ARRAXA mit Kurs auf die neue, alte Heimat. Laoorde, Marc und Harm saßen in ihren Schwebesesseln und beobachteten, wie der Planet Sainor hinter ihnen mehr und mehr schrumpfte, bevor es sie in den Pararaum riß.
»Ich habe nur diese einzige Überlichtetappe programmiert«, sagte Laoorde und grinste dabei spitzbübisch. »Noch einmal möchte ich nicht Schiffbruch erleiden.«
Harm Soggestin grinste. »Diesmal hättest du eine Fachkraft zur Seite«, versicherte er.
Er war tatsächlich wie ausgewechselt, wirkte um zehn Jahre jünger. Zum erstenmal sah Laoorde in ihm einen attraktiven jungen Mann. Harm würde wahrscheinlich keine Schwierigkeiten haben, eine Partnerin zu finden. Notfalls konnte er immer noch nach Sainor zurückkehren.
Und dann kam der Augenblick, als sie jenseits der Suzuur-Bahn aus dem Überraum materialisierten.

Laoorde hatte plötzlich Tränen in den Augen. Sie drehte sich mit ihrem Sessel, damit die beiden es nicht bemerkten. Sie mußte an ihre Eltern denken, die kein Lebenszeichen mehr von ihr gehört hatten. Sie dachte an Kreiner und wie sie ihm alles erklären sollte.
Dann wurde auch schon die Landung eingeleitet. Das Beiboot setzte nach einer halben Stunde neben der ARRAXA auf. Bevor die drei Hyperintelligenten ausgestiegen waren, näherten sich schnell mehrere Gleiter und landeten direkt neben ihnen. Rocchor und Selne sprangen heraus, rannten auf Laoorde zu, packten und drückten sie. Sie begrüßten sie stürmisch und hießen ihre neuen Freunde willkommen.
Kreiner war mit dem zweiten Gleiter gekommen. Er faßte Laoorde bei den Händen, sah ihr in die Augen und ver-

stand. Er umarmte sie und flüsterte ihr zu, daß er es immer gewußt habe: Sie und er waren zu verschieden, um ein Paar werden zu können. Sie nannte ihn dafür einen Narren. Er aber schüttelte den Kopf, zwang sich zu einem Lächeln und begrüßte auch Marc und Harm Soggestin.

Damit war der Bann endgültig gebrochen. Ein ganzes Begrüßungskomitee hieß sie und ihre Begleiter willkommen. Es gab keine Schranken wie auf Sainor. Harm Soggestin wurde genauso begeistert begrüßt wie die beiden anderen.

»Du hättest uns nicht so mir nichts, dir nichts verlassen dürfen«, sagte Rocchor in gespieltem Vorwurf. »Weißt du, wieviel Kummer du uns bereitet hast?«

»Ich weiß es, Vater«, sagte sie. »Aber es mußte sein. Von nun an bleibe ich für immer bei euch. Und ich habe euch einen Schwiegersohn mitgebracht. Macht euch auf eine Horde wilder Enkelkinder gefaßt, wenn wir in der Forschungsstation sind. Denn dort werden wir wohnen und arbeiten. Harm Soggestin, unser Freund, wird euch und vor allem dir bei eurer Arbeit helfen. Es ist alles in Ordnung, glaubt mir. Dieses Universum steht uns weit offen.«

Den letzten Satz verstanden sie nicht, aber das war nicht schlimm.

Die Hauptsache war, daß *sie* ihn verstand und fest daran glaubte.

ENDE

Glossar

Hintergrund des Romans:
Im Jahr 1218 Neuer Galaktischer Zeitrechnung (NGZ) gelingt es den ins Arresum, die negative Seite des Universums, übergewechselten Galaktikern, mit Hilfe der Nocturnen und ihrer Lebensenergie die Abruse zu töten, die bis dahin alles Leben im Arresum bis auf wenige Enklaven ausgelöscht hatte. Um dem organischen Leben eine Chance zu geben, das Arresum für sich zurückzuerobern, wurden nach einem Langzeitplan von ES zuerst die mehr als tausend Nocturnenstöcke auf drei Planeten abgesetzt, danach die insgesamt zwanzig Milliarden in der Superintelligenz gespeicherten menschlichen Bewußtseine. Diese waren vor über 1200 Jahren von ES aufgenommen worden, um dem Sturz der Erde in den »Schlund« im Mahlstrom der Sterne zu entgehen.

Diese 20 Milliarden Menschen, die in ihren früheren Körpern materialisierten, sollen im Lauf der Jahrtausende und zusammen mit den beiden Intelligenzvölkern des Arresums, den Ayindi und den Barrayd, das Arresum wieder bewohnbar machen, indem sie mit ihrer Vitalenergie die erstarrten abrusischen Strukturen auflösen. Ihnen haften mikroskopisch kleine Lebenssporen an.

Im vorliegenden Roman wird berichtet, wie sich die ersten zweieinhalb Jahrzehnte für die Arresum-Menschen gestalteten.

Abruse
Eine Lebensform von kristalliner Struktur, die sich im Arresum aus der Saat eines Sporenschiffs entwickelte und zunächst auf einem Planeten heranwuchs. Danach gelang es ihr, ihre Strukturen in den Weltraum und zu anderen Planeten zu schicken, wo sie sich nach und nach ausbreitete, alles organische Leben absorbierte und schließlich ganze Galaxien eroberte, bis sie im Jahr 1218 Neuer Galaktischer Zeitrechnung von Perry Rhodan und den Vandemar-Zwillingen mit den ins Arresum gewechselten Nocturnenstöcken vernichtet werden konnte. Zu dieser Zeit gab es im Arresum nur noch wenige abrusefreie Zonen (Enklaven).

Arresum
Die spiegelbildliche oder auch negative Seite unseres eigenen Universums, auf der Rückseite eines gedachten Möbiusbandes gelegen. Vor Jahrmillionen, als die Abruse sich mehr und mehr ausbreitete und alles Leben im Arresum zu ersticken drohte, gelang es den Ayindi, Perforationen im Möbiusband zu

schaffen. Dadurch drangen sie in unser Universum, auch Parresum genannt, vor. Sie wurden von einer Verteidigungsgemeinschaft, der Tanxtuunra, nach hartem und langem Kampf zurückgeschlagen. Mit der Rückkehr Perry Rhodans und seiner Gefährten in ihre Heimat im Jahr 1218 NGZ wurden alle Durchgänge für immer geschlossen.

Ayindi

Die humanoiden Ayindi sind ein Intelligenzvolk des Arresums. Es gibt nur weibliche Exemplare. Ihre Sprache ist das Aylos. Das Alter ihrer Zivilisation wird auf rund vier Millionen Jahre geschätzt.

Ayindi sind etwa 2,70 Meter groß, haben eine dunkle, bronzefarbene Haut mir olivfarbenem Stich. Der Oberkörper ist trapezförmig und verjüngt sich zur Taille. Beine und Arme sind überaus muskulös, die siebenfingrigen Hände wie Pranken. Der kahle Kopf ist kantig, mit breiter flacher Nase, vorstehender flacher Stirn, kantigen Brauenwülsten und gelben Augen mit violetten Pupillen. Ihr Mund ist karpfenförmig mit violetten Lippen. Das Kinn ist breit, vorgewölbt, die Unterkiefer sind seitlich ausladend, und ihr Kopf sitzt auf einem aus schlangenartig ineinander verschlungenen Muskelsträngen gebildeten Hals. Diese Muskelstränge setzen sich über den ganzen Körper fort. Die Bekleidung der Ayindi besteht aus mattschwarzem, fast unzerstörbarem Material und ähnelt auf den ersten Blick einem Taucheranzug. Die Füße stecken in etwas plump wirkenden Stiefeln.
Die Raumschiffe der Ayindi haben stets die Form schlanker Rochen und weisen eine überlegene Technik auf.

ES

Eine sogenannte Superintelligenz, deren Einflußbereich die Lokale Gruppe von Galaxien ist, zu der auch die Milchstraße gehört.

Konzepte

Ursprünglich die Bezeichnung für menschliche Körper, die zwei oder mehreren der im Jahr 3581 von ES aufgenommenen 20 Milliarden terranischen Bewußtseinsinhalte als Träger dienten. Wenn ES in sich gespeicherte Bewußtseine auf eine Mission ins normale Universum schickte, benutzte er dazu die Konzepte. Konzepte werden aber anfangs auch die 20 Milliarden Menschen genannt, die ES im Jahr 1218 NGZ auf drei Planeten des Arresums absetzte.

Nocturnen

Eine Lebensform aus der Kleingalaxis Fornax. Der Lebenszyklus der Nocturnen besteht aus der Schwarm- und Stockphase, in welchen die alten Nocturnen sich auf Asteroiden, Monden und anderen Himmelskörpern mit geringer Schwerkraft niederlassen, zu Türmen aus dunklem Schwingquarz heranwachsen und Intelligenz entwickeln. Sie besitzen sehr starke Vitalenergie.

Perry Rhodan
Die grösste
Science Fiction-Serie
der Welt
Perry Rhodan
Die Cynos
60 Silberbände
PC-Spiele
Perry Rhodan
über 400
Taschenbücher
SPACE-THRILLER
Konrad Schaef
Mauern der Macht
Die neue Reihe:
Space Thriller
Fan-Artikel
Atlan
Zeitabenteuer
Kontinente des Krieges
Das Heft
1. Auflage
jede Woche neu
Atlan
Zeitabenteuer
Mehr Infos,
Spass und Unterhaltung
mit Perry Rhodan im Internet:
http://www.Perry-Rhodan.net
Infoline: 0190 - 190136 12 Pfg./6 Sek.